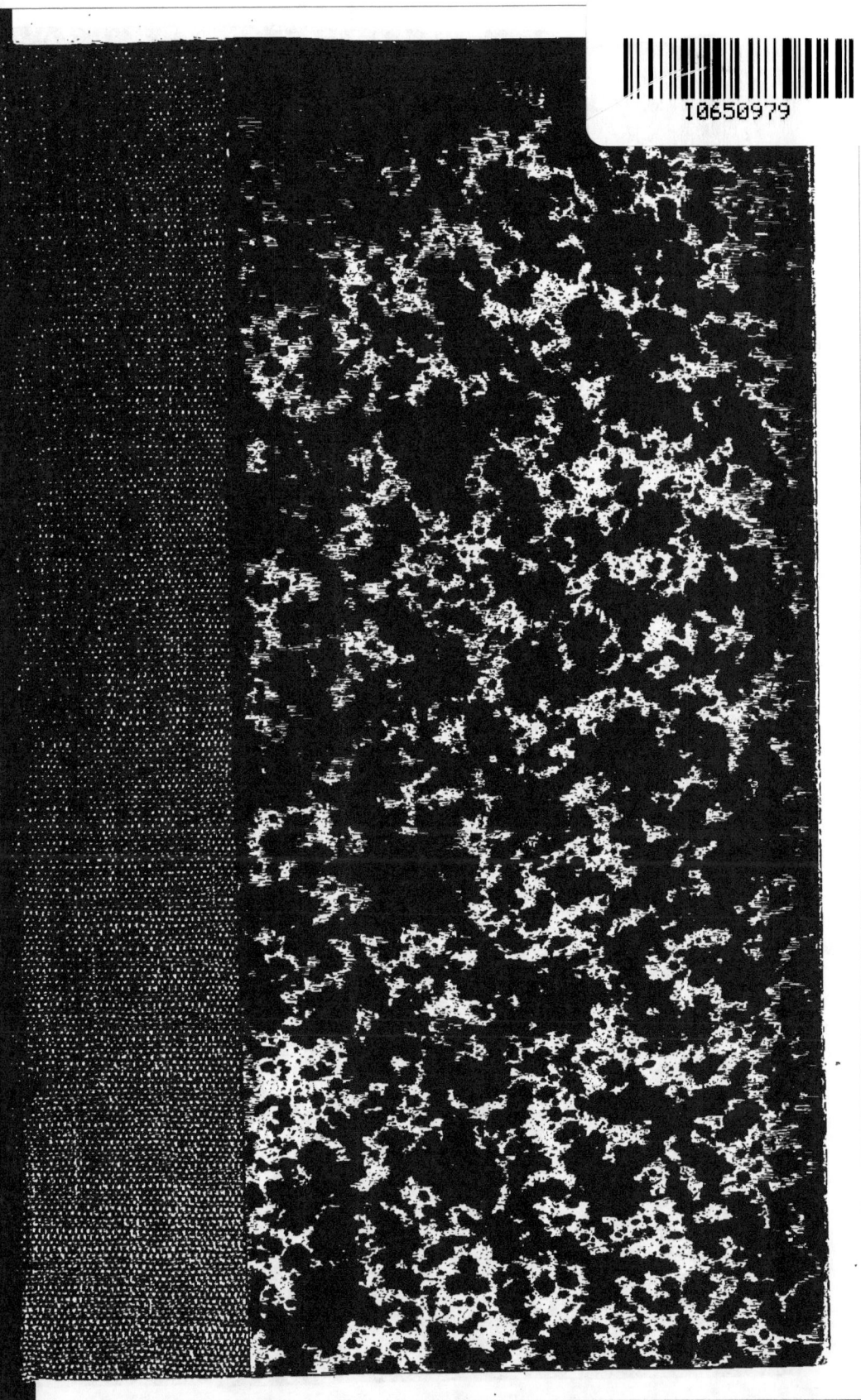

NÉRIDAH

PAR

WILFRID DE FONVIELLE

I

L'HOTEL DE REGENT'S PARK

OUVRAGE

ILLUSTRÉ DE 40 VIGNETTES DESSINÉES

PAR SAHIB

PARIS

LIBRAIRIE HACHETTE ET Cie

79, BOULEVARD SAINT-GERMAIN, 79

PRIX : 2 FRANCS 25

NÉRIDAH

OUVRAGES DU MÊME AUTEUR

Les débuts du voyage en zig-zag.
La conquête du pôle Nord.
Les aventures des grands aéronautes.
Le glaçon du Polaris.
Les merveilles du monde invisible.
Éclairs et tonnerres.

Paris. — Typographie A. Lahure, rue de Fleurus, 9.

ÉRIDAH

NÉRIDAH

PAR

WILFRID DE FONVIELLE

I

L'HOTEL DE REGENT'S PARK

OUVRAGE

ILLUSTRÉ DE 40 VIGNETTES DESSINÉES

PAR SAHIB

———⋯———

PARIS

LIBRAIRIE HACHETTE ET Cⁱᵉ

79, BOULEVARD SAINT-GERMAIN, 79

1879

NÉRIDAH

CHAPITRE I

La ferme du Rutlandshire.

Par un beau jour d'automne, John Hartley se promenait dans les fraîches et vertes campagnes qui entouraient sa ferme des Oaks, une des plus belles du Rutlandshire.

La journée avait été assez chaude, ce qui arrive quelquefois dans les comtés du centre après la moisson, et les routes, couvertes de poussière, se détachaient comme des rubans d'argent sur des pelouses d'un beau vert velouté. Les feuilles des ormes et des saules avaient commencé à prendre ces teintes jaunes et rouges, qui seraient un charme de plus si elles n'étaient l'annonce du moment où les rameaux vont se trouver dépouillés.

John était un homme de haute stature, un peu maigre, mais de solide corpulence, dont la physionomie douce et sympathique exprimait la force et la santé. Son œil, grand et clair, avait de la vivacité et même une certaine pénétration. Mais son regard manquait de cet éclat qui est le signe d'une intelligence tout à fait maîtresse de soi.

Cette contradiction apparente s'expliquait très bien quand on connaissait les évènements de son existence.

Il avait à peine dépassé la période de la vie qui sépare la jeunesse de la maturité; mais, voué dès son enfance aux travaux des champs, il avait négligé toutes les connaissances qui n'étaient point directement utiles à l'exercice de sa profession. C'était un de ces esprits exclusifs qu'on ne rencontre qu'en Angleterre, qui font systématiquement abstraction de tout ce qui n'est point intéressant pour leur spécialité, et qui, satisfaits de marcher en tête de leurs pairs, ne rougissent pas de leur ignorance sur les autres sujets.

La concentration de ses facultés intellectuelles avait été si grande sur les moindres détails de l'agronomie pratique, que la plupart de celles dont il n'avait point fait usage, s'étaient atrophiées. Il était familier avec les moindres détails de la charrue Fowler; les semoirs mécaniques et les faucheuses à vapeur ne possédaient aucun organe dont il n'eût étudié la construction; la nature n'avait donné aux chevaux ni aux bœufs un seul muscle dont il ignorât la fonction. Il savait par cœur la généalogie de *Duchesse* ou d'*Eclipse*, et leur descendance.

Il connaissait toute l'histoire de la création de la race Durham, et aucune des particularités relatives aux moutons Shorthorns ne lui avait échappé.

Mais à peine s'il soupçonnait qu'il avait existé un certain Shakespeare ou un nommé Milton. Il ignorait que les plaines, cultivées par lui avec tant d'intelligence et d'amour, avaient servi plus d'une fois de champ de bataille dans la guerre des York et des Lancastre, et que les roses dont il aimait à couronner sa gracieuse compagne, avaient été jadis des emblèmes de sang et de mort.

Ses allures, un peu vulgaires, formaient contraste avec la grâce élégante et distinguée de la femme qui appuyait une main frêle et délicate sur son bras robuste et bien musclé.

Sa mise avait l'ampleur qui donne une grande aisance aux mouvements ; mais il était facile de voir qu'il s'occupait plutôt de cultiver ses champs que sa personne. Ses habits semblaient sortir de chez le tailleur, et son linge était d'une propreté irréprochable ; mais son mauvais goût perçait dans l'assemblage hétéroclite de son pantalon jaune, de son gilet rouge et de son habit marron. Ses larges bottes exagéraient la longueur déjà respectable de ses extrémités inférieures. Sur le sommet de son crâne, couronné d'une épaisse forêt de gros cheveux jaune fade, se balançait un chapeau à bords maladroitement retroussés, taillé en forme de boisseau et placé gauchement sur l'occiput. Sur son ventre se balançaient des breloques aussi volumineuses que celles de n'importe quel paysan breton.

Quelle différence avec la charmante compagne de cet être si peu gracieux !

Suzanne avait des cheveux blonds comme ceux de son mari, mais de ce blond chaud et ambré aussi éloigné des tons rouges que des tons

jaunes, et qui est l'apanage des véritables beautés aristocratiques de l'autre côté du détroit.
Ses yeux semblaient d'un bleu aussi pur que celui d'un beau ciel d'Asie; mais on y voyait briller
le reflet verdâtre, signe distinctif de Minerve,
suivant les Athéniens.

Leur expression pleine de vivacité indiquait
une finesse qui eût été de la malice si elle n'avait
été tempérée par une excessive bonté.

Son teint avait la blancheur de l'ivoire, et aurait paru affecté d'une pâleur maladive s'il n'eût
été rehaussé par l'incarnat de ses joues. Ses
lèvres couleur de feu semblaient toujours prêtes
à sourire, en montrant deux rangées de dents
merveilleuses de régularité.

Sa toilette brillait non tant par la richesse
des étoffes que par le sentiment d'harmonie qui
manquait complètement à son mari. On sentait
que l'on se trouvait en présence d'une créature
privilégiée qu'un don d'en haut a sacrée reine;
mais l'aimable femme n'avait fait aucun effort
pour profiter de ses avantages, et il y avait dans
toute sa personne une distinction naturelle qui
donnait un charme à ses mouvements les plus
indifférents, tandis que les moindres plis de sa
robe de toile faisaient admirablement ressortir
sa taille svelte, élancée.

Les deux époux devisaient sous une allée de sycomores séculaires qui menait à la ferme, vaste bâtiment à un seul étage, où régnait une extrême activité.

L'année avait été relativement précoce et singulièrement heureuse; les blés avaient été abondants, les foins d'excellente qualité. La betterave avait donné des produits abondants, et les pampres des houblons s'étaient déjà dorés depuis longtemps.

De toutes parts arrivaient des wagons, chargés à enfoncer jusqu'à l'essieu en pleine terre, mais rapidement traînés, sur un excellent macadam bien entretenu, par de vigoureux et gigantesques chevaux.

Les uns apportaient la houille destinée aux machines, ou les produits chimiques destinés aux engrais artificiels.

Les autres allaient distribuer sur la terre les fumiers recueillis dans les étables et dans les écuries.

Un fourgon, revenant du chemin de fer, faisait résonner ses innombrables boîtes à lait.

Dans le lointain, on apercevait un château ruiné, au pied d'une colline autrefois renfermée dans l'enceinte de vieilles fortifications. Suivant une légende, dont John n'avait jamais entendu parler, mais que Suzanne connaissait par cœur, cet édifice avait appartenu à la reine Edith, l'épouse infortunée d'Edouard le Confesseur.

C'est dans ces lieux désolés que la sainte épouse d'un saint roi avait pleuré l'union fatale qui la rattachait au mari qu'elle adorait[1], mais dont le crime de son père la séparait à jamais.

La malheureuse fille de Godwin y avait appris successivement le débarquement du duc de Normandie, venant réclamer la couronne qui n'eût point été vacante si elle eût été mère, et le trépas de son frère, monté malgré lui sur un trône d'où il devait être si promptement précipité.

Tant de douleurs et de calamités accumulées par une inexorable fatalité sur une femme admirable de patience, de vertu, de beauté, avaient laissé dans l'esprit des peuples une de ces impressions que le temps n'efface jamais.

La tradition avait attribué à un mauvais génie habitant ce donjon, où un nombre considérable de personnages avaient péri de mort violente, les catastrophes accomplies en présence de ces pierres décharnées, misérables, laissant à peine apercevoir quelques reflets blanchâtres à travers la teinte sombre apportée par les siècles.

1. Voyez la note à la fin du volume.

Aussi, d'après les contes populaires, des spectres hantaient-ils ces lieux maudits.

L'aspect désert et désolé du château contrastait de la façon la plus étrange avec l'animation de la ferme, dont Suzanne était l'âme, quoique John la dirigeât en maître absolu.

« Décidément je suis en veine de bonheur, disait John en regardant Suzanne avec tendresse; tout me réussit, pas une de mes spéculations qui ne tourne à mon avantage. Hier j'ai parfaitement vendu mes bœufs; ce matin j'ai fait un excellent marché sur les charbons.... Je m'enrichis, je prospère.... Et surtout, ajouta-t-il en baissant la voix, j'ai la plus belle et la meilleure des femmes.... Que manquerait-il à mon bonheur, si je devenais père d'une charmante petite fille qui aurait les grâces et les brillantes qualités de sa mère!

— Nous sommes bien près du château de la reine Edith pour former un vœu pareil, répliqua la jeune femme avec un accent mélancolique. Ne choisissez pas ce moment pour demander au ciel une satisfaction qu'il nous a refusée jusqu'à ce jour.... Bornons-nous à prier Dieu, ajouta-t-elle après un moment d'hésitation, pendant lequel elle regarda avec une satisfaction évidente l'activité qui régnait autour d'elle, afin que notre bonheur soit durable.

— Il durera, Suzanne; tout me réussit, vous dis-je, et je n'ai qu'à former un vœu pour qu'il se réalise aussitôt. Je trouve une grande douceur dans mes affections de famille, et si nous recevions plus souvent la visite de mon excellent frère le docteur Henry.... »

John n'acheva pas; au détour d'une allée, il vit venir à lui un homme de figure grave et intelligente. Ce gentleman était tout habillé de noir, comme le sont presque obligatoirement les médecins de l'autre côté du détroit.

John sourit de nouveau et regarda Suzanne.

« Hein! quand je te disais! reprit-il; je n'ai qu'à former un vœu pour qu'il se réalise aussitôt.... Voilà mon frère! »

Et il tendit ses deux mains au docteur Hartley, qui les serra affectueusement.

« Soyez le bienvenu, mon cher Henry, dit Suzanne à son tour; John parlait de vous en souhaitant votre présence.... A peine avait-il prononcé ces paroles, que vous faisiez votre apparition.

« Je vous l'avoue, mon cher beau-frère, il m'a passé, comme un frisson, des pressentiments sinistres, que votre présence inattendue a dissipés....

— Quoi?... qu'y a-t-il? dit le docteur en frappant la terre avec sa canne, et en fronçant ses épais sourcils... Qu'y a-t-il...? Est-ce que vous vous sentiez saisie par quelque courant d'air...? Ce que l'on nomme des pressentiments sinistres n'est le plus souvent que des symptômes de maladie.... »

En disant ces mots, il tendait la main, et s'emparait du poignet gauche que la jeune femme lui disputait en riant.

« Ce frisson, dit Suzanne, n'était pas produit par une fièvre qui n'existe que dans votre imagination, mais par des souvenirs se rattachant au vieux château qui attriste ces riantes vallées. En outre, John me cause une impression involontaire d'effroi, chaque fois qu'il parle de son bonheur; je crains, je ne vous le cache pas.... c'est une crainte enfantine sans doute.... que quelque chose ne vienne le troubler. Je vais faire préparer votre chambre, Henry, car vous nous restez, n'est-ce pas? Vous ne pouvez retourner à Birmingham aujourd'hui.

— Oui, ma bonne Suzanne, répliqua le docteur, je resterai.... Il est nécessaire que je reste. »

Elle s'enfuit pour remplir ses devoirs de maîtresse de maison, après avoir réussi à faire sourire le docteur, mais de ce rire de convention aussi voisin de la douleur qu'il cache que les larmes des désespérés.

Dès que les deux frères furent seuls, John dit au docteur :

« Qu'as-tu donc, Henry ? Tu sembles tout triste.... Aurais-tu éprouvé quelque malheur ? Ton fils Alfred serait-il malade ? Aurait-il, lui qui est si sage et si studieux, fait quelque sottise à Cambridge ? »

Le docteur Henry ayant perdu sa femme peu de temps après la naissance de ce fils unique, John avait surveillé l'enfance d'Alfred, et Suzanne lui avait servi de mère.

Le docteur secoua la tête.

« Non, John, répliqua-t-il avec un redoublement de tristesse, ce n'est ni de moi ni d'Alfred, mais de toi qu'il s'agit.

— De moi ! Que veux-tu dire ? Quand je me félicite de ma prospérité, m'apporterais-tu quelque mauvaise nouvelle ?.... Mon banquier serait-il en faillite ? Mon procès contre Smithson serait-il perdu, ou bien....

— Il ne s'agit pas de tes affaires, John ; mais ne m'interroge pas aujourd'hui ; demain il sera temps de m'expliquer, si je suis vraiment obligé de le faire.

— Pourquoi attendre à demain, Henry ? Je grille d'impatience.... et d'inquiétude.

— Non, non, à demain.... Jusque-là je veux

examiner encore.... Je veux être bien sûr.... Il sera toujours temps de te dire.... ce qu'il faut que tu saches. »

Et John, malgré ses efforts, ne réussit plus à tirer de lui un mot sur un sujet qui, après les paroles qu'il avait entendues, commençait à l'épouvanter.

Le dîner ne fut pas aussi gai que d'habitude. John ne pouvait se défendre d'une anxiété d'autant plus cruelle qu'elle n'avait pas d'objet déterminé. Il écoutait d'un air contraint et distrait les nouvelles que son frère lui apportait de la ville; plusieurs fois, pendant le reste de la soirée, Suzanne remarqua qu'il était devenu sombre et rêveur, ce qui ne lui arrivait presque jamais.

L'aimable femme crut nécessaire de réagir contre une tristesse dont elle était bien loin de pénétrer la cause, mais qui ne lui échappait pas.

Jamais elle ne fut aussi étincelante de gentillesse et d'esprit.

« Qu'est donc devenu votre grand bonheur? disait-elle à John avec un léger sourire, s'est-il déjà envolé?... Ah! docteur, c'est à John que je vous engage de tâter le pouls.... »

Mais, voyant que le docteur ne paraissait point

disposé à rire, elle passa au piano en attendant l'arrivée de quelques voisins.

Le lendemain matin, quand Henry descendit de sa chambre, la première personne qu'il rencontra fut son frère, qui évidemment le guettait.

« John, lui dit le docteur avec gravité, nous allons, si tu le veux bien, parcourir ensemble les terres de ta ferme, et, chemin faisant, nous causerons de choses sérieuses dont mon devoir est de t'entretenir.

— En ce cas, je vais dire à Suzanne de venir nous joindre du côté du moulin.

— Garde-t'en bien ; c'est de Suzanne qu'il sera question entre nous. »

John devint tout à coup pensif et suivit son frère aîné.

Quand ils eurent fait quelques centaines de pas, le docteur prit la main de John et dit en détournant les yeux :

« Pauvre frère, je vais te briser le cœur, mais il ne m'est permis de rien te cacher. Suzanne... »

Il s'arrêta, n'osant achever.

« Eh bien ! demanda John, que ces mots firent pâlir, qu'as-tu à m'apprendre ?... qu'as-tu à me dire de ma bien-aimée Suzanne ? »

Et John regarde son frère, braquant ses yeux

dans les siens, comme s'il pouvait y lire le secret
non encore dévoilé.

« Arme-toi de courage, John.... J'ai reconnu
chez ma charmante belle-sœur le germe d'une de
ces terribles maladies de poitrine qui, dans notre
brumeuse Angleterre, ne pardonnent jamais.

— Grand Dieu ! est-il possible ?

— Je voulais en douter, mais les progrès du
mal, que Suzanne ignore encore, sont trop visi-
bles pour mettre en défaut mon expérience. J'en
ai tant vu disparaître de pauvres filles, moisson-
nées avant l'heure par cette terrible affection
qui ne pardonne, pour ainsi dire, jamais. »

John était atterré.

« N'est-il aucun remède à ce mal ? balbutia-
t-il ; toi, un savant, tu dois en connaître. Il n'est
pas possible que tu ignores....

— Il y a un remède, en effet ; mais auras-tu le
courage de l'employer ?

— Le courage de l'employer.... Est-ce qu'il
faudrait faire subir à ma Suzanne quelque opération terrible ?.... Peu importe ! je n'hésiterais
pas.... Je la déciderais.... J'en suis certain, elle
ne me refuserait pas.... »

Mais, voyant que son frère gardait le silence,
le malheureux comprit qu'il faisait fausse route.
Il s'écria en levant les mains au ciel :

« Dieu tout-puissant, n'est-il point possible de trouver un moyen d'échapper à ce mal?.... Ne peut-on se soustraire à ses redoutables coups, fuir?

— Le moyen, le seul moyen qui te reste, en effet, c'est de fuir, comme tu le proposes; c'est de t'expatrier, d'emmener Suzanne dans un pays éloigné, sous un ciel moins inclément.

— Indique-moi ce pays, s'écria John; dismoi où il faut aller; je n'hésiterai pas un instant. Je vendrai mon bail, je me déferai de tous mes bestiaux; je me soumettrai à une ruine complète s'il le faut, je me résignerai à tout pourvu que Suzanne soit sauvée!

— Brave cœur! dit Henry avec attendrissement, je n'attendais pas moins de toi; aussi n'ai-je voulu t'entretenir de mes craintes que quand ce parti est devenu impérieusement nécessaire. Toutefois, tu peux trouver sans peine dans les pays tropicaux une fortune plus grande que celle dont tu n'as encore ici que l'espérance. Ce qui me semble sûr, c'est que Suzanne recouvrera la santé dans ces heureux climats.... et qui sait, John, ajouta le docteur en baissant la voix, si alors elle ne te rendra pas père de cette charmante enfant que tu appelles de tous tes vœux!...

— Où faut-il aller, Henry ? Est-ce en Égypte ?
Est-ce en Amérique ?... Je suivrai aveuglément
tes conseils... Mais comment décider Suzanne?

— Il faut, surtout, dit le médecin, qu'elle
ignore la cause de cette émigration et qu'elle ne
soupçonne pas le mal redoutable dont elle est
consumée.... Sa guérison est peut-être à ce prix ...
Mais laisse-moi faire ; je lui parlerai en ta présence, tu n'auras qu'à m'appuyer.... Justement
il est question à Manchester d'une affaire dont
je suis chargé de t'entretenir, et je te mettrai au
courant en même temps que Suzanne... Comme
cela je serai sûr de ta discrétion, puisque tu ne
sauras rien. Va, mon ami, nous nous reverrons
dans des temps meilleurs. La Providence protège
presque toujours les vaillants, et toi tu as par-
dessus tout la vaillance du cœur ! »

Les deux frères se donnèrent une poignée de
main, et côte à côte ils marchèrent lentement.
Ils avaient repris le chemin de la ferme, quand
ils virent Suzanne, alerte et souriante, accourir
au-devant d'eux.

« Oh ! les vilains ! dit-elle avec gaieté, m'abandonner ainsi pour aller courir les champs ! Ah
çà ! vous avez donc des secrets ensemble ? »

John ne savait que répondre.

« Ma foi ! vous avez devinez juste, ma chère

Suzanne, répondit Henry avec assurance; j'avais besoin de causer en particulier avec mon frère pour lui faire une proposition à laquelle je crains beaucoup que vous ne soyez hostile. Comme il s'agit d'une affaire importante, intéressant son avenir....

— Henry, était-ce une raison pour me la cacher? Qu'est-ce donc? ajouta-t-elle en se tournant vers John dont l'embarras redoublait; savez-vous que c'est très mal, mais très mal de vous dérober ainsi... »

Le léger accent de colère qui animait en ce moment Suzanne, donnait à sa voix un charme que John ne connaissait pas et qui augmentait son émotion.

Vainement le pauvre diable essayait d'articuler quelques excuses, les mots ne lui venaient pas.

Le docteur lui-même, surpris de tant de grâce et de vivacité, ne trouvait rien à répliquer.

Après un court moment d'attente, Suzanne, un peu interdite par la continuité de ce silence, reprit :

« Ah! si vous n'étiez pas avec votre frère, mon cher John, je serais sûre qu'on tente de vous engager dans quelque méchante affaire, dans quelque fausse spéculation.

— Eh bien! oui, chère sœur, dit le docteur,

prenant, comme on dit, son courage à deux
mains, j'étais occupé à expliquer à John l'avantage extrême qu'il aurait à quitter l'Angleterre....
et aller s'établir....

— Quitter l'Angleterre! jamais je ne consentirai
à traverser le détroit pour aller montrer les secrets de notre agriculture à nos alliés d'aujour-
d'hui, qui pourront devenir nos ennemis de
demain.... Non, non.

— Ma chère sœur, il ne s'agit pas seulement
de passer le détroit, dit avec une brusquerie
affectée le docteur, et de planter sa tente dans
les plus fertiles cantons de la belle France,
comme l'ont fait M. Smith, les frères Thomas et
tant d'autres, mais bien de franchir les Océans
et d'aller s'établir dans les colonies. »

Il prononça ces dernières paroles d'un ton sec,
impérieux, comme pour notifier à Suzanne qu'elle
se trouvait en face d'un parti définitivement pris,
et sur lequel il n'y avait pas à revenir.

« Dans les colonies ? Est-ce que nous ne sommes pas bien ici ? Pourquoi quitterions-nous ce
beau pays, où nous trouvons tous les plaisirs
de la civilisation unis aux charmes de la nature ?
Je comprends que vous vous soyez caché, mon
cher beau-frère, pour faire à John une pareille
proposition !

— Allons ! ma bonne Suzanne, dit Henry en lui prenant le bras, soyez calme, et souffrez que je vous parle raison. »

En même temps, il expliqua à la jeune femme que les habitants de Manchester, alarmés par le développement de la guerre de sécession en Amérique, s'étaient décidés à établir dans l'Inde des cultures de coton analogues à celles qui ont si bien réussi dans les Etats du Golfe; que John était appelé à rendre les plus grands services à cette entreprise, dans laquelle il s'agissait du bonheur et de la civilisation de deux cents millions d'êtres humains.

Tout cela laissait Suzanne de plus en plus froide. Son parti était également pris. Elle écoutait d'un air distrait, presque moqueur, et ripostait avec une aigreur croissante. Elle ne recula pas d'une semelle dans ce duel à trois, quoique John, qui suivait cette argumentation avec un intérêt fébrile, s'efforçât de mettre en valeur les raisons données par son frère aîné.

Il en fut de même lorsque Henry tenta d'éblouir Suzanne, en faisant briller à ses yeux les millions que les deux époux pourraient rapporter de l'Inde après quelques années d'existence heureuse. Suzanne aimait mieux sa riante ferme des Oaks, ses verts pâturages, ses ombrages délicieux, les fleurs de son jardin, que toutes les richesses et les diamants de l'Inde. Elle ne s'expliquait pas que son mari, qui avait jusque-là manifesté les mêmes goûts, pût consentir à de pareils sacrifices, et ce brusque changement excitait sa défiance, ainsi que son indignation.

A bout d'arguments, Henry eut l'idée de s'adresser au patriotisme de sa belle-sœur. Il lui démontra la nécessité de mettre la Grande-Bretagne en état de se passer des Américains et en même temps de consolider sa domination dans les Indes, en y important, d'une manière sérieuse, les bienfaits de la civilisation.

Ce motif, qui peut-être n'eût pas eu grande valeur auprès des femmes d'un autre pays, devait frapper vivement une Anglaise; aussi Suzanne fut-elle vaincue.

« S'il en est ainsi, s'écria-t-elle, je ne résiste plus. Une sujette de la reine se doit avant tout à son pays.... Adieu mes beaux champs, mes arbres superbes, mes bêtes favorites ! ajouta-t-elle en promenant un regard attendri sur la plantureuse campagne qui s'étendait autour d'elle; le devoir parle, il faut vous quitter.... John! Henry! poursuivit-elle d'un ton ferme, en se tour-

S'il en est ainsi, je ne résiste plus.

nant vers son mari et son beau-frère, disposez
de moi... Je partirai quand il le faudra. »

Le voyage ainsi décidé, on se mit à l'œuvre
pour en préparer l'exécution sans perdre un
seul jour.

CHAPITRE II

La plantation des Nilghéries.

Quelques semaines suffirent pour qu'une compagnie générale de la culture du coton dans l'Inde fût constituée à Manchester, sous la gérance de John Hartley.

On lui acheta en bloc sa ferme des Oaks, et il employa une partie notable du produit à payer sa quote-part dans la puissante société dont il devenait, d'un seul coup, le directeur et un des principaux associés.

Deux mois, jour pour jour, après la conversation qui lui avait révélé l'état alarmant de
Suzanne, il montait, avec sa femme et quelques
serviteurs, à bord du *Monolithe*, un des plus beaux
vapeurs de la Compagnie péninsulaire, et il quittait l'Angleterre pour une période d'au moins
cinq années, terme minimum de son engage-
ment.

Ce ne fut pas sans quelque surprise que la
jeune femme trouva chez son mari tant de ré-
signation, de courage et même d'enthousiasme
pour un voyage dont l'idée avait surgi d'une façon si rapide, si inexplicable, si inopinée. Mais
John l'aimait d'une façon trop profonde et trop
sincère pour laisser échapper un seul mot qui
pût faire soupçonner le véritable motif de cette
détermination.

Quand le *Monolithe* eut jeté l'ancre dans le port
de Bombay, il parut à l'Anglaise exilée qu'elle
prenait possession d'une nouvelle patrie. John
lui-même semblait tout heureux en mettant le
pied sur la terre indienne, qui se présentait sous
un aspect poétique et séduisant, car le beau temps,
qui avait favorisé les dernières récoltes de la
ferme des Oaks, avait suivi les émigrants pendant leur voyage. Après une délicieuse traversée
dans la mer Rouge et la mer des Indes, les

voyageurs trouvaient la capitale du roi Coton
cachée au milieu d'un bouquet de fleurs et de
verdure qu'agitaient paresseusement les souffles
parfumés du printemps.

Mais la véritable cause de la satisfaction de
John échappait à l'œil clairvoyant de sa Suzanne
bien-aimée.

S'il avait secoué sans arrière-pensée la semelle
des souliers auxquels tenaient encore quelques
atomes de la terre du comté de Rutland, c'est
qu'il s'était aperçu déjà que l'air tonique de la
mer et le soleil ardent des tropiques exerçaient
l'influence désirée sur la santé de sa femme.

Le teint de Suzanne s'était progressivement
transformé, les roses de ses joues étaient devenues moins vives, le feu de ses lèvres s'était
éteint. La toux sèche et sonore devenait moins
fréquente, et l'œil reprenait plus de sérénité.

Ravi de débuts aussi heureux, John ne perdit
pas une seule minute. Dès le lendemain de son
débarquement, il laissait Suzanne à Bombay et
se mettait en route pour procéder au choix d'un
emplacement, grave et sérieuse opération d'où
dépendait peut-être tout l'avenir de l'établissement. Une foule de catastrophes n'ont eu d'autre
cause qu'une légère erreur dans la situation du
lieu où des colons intelligents ont inutilement

dépensé des trésors de science, de courage et d'activité.

Mais John n'était pas homme à commettre une faute dans une question aussi importante.

L'idée de travailler pour le bonheur de Suzanne, et la satisfaction d'avoir obtenu un premier succès, lui donnaient une clairvoyance digne de son activité.

Il découvrit au milieu des jungles, dans un canton à moitié sauvage des Nilghéries, un délicieux palais, qui servait autrefois de résidence au rajah du Coorg, mis à mort par Hyder-Ali. Beaucoup de drames lugubres, qui exciteraient notre pitié autant que les malheurs de la reine Edith, s'ils n'avaient eu pour acteurs des êtres humains appartenant à une race lointaine et étrangère, avaient ensanglanté jadis ce donjon tragique. Grossis et défigurés par l'imagination orientale, ces évènements avaient été changés en fables, exploités par les prêtres des faux dieux pour enraciner dans l'esprit d'un peuple la haine des conquérants. Une tradition du pays disait que les chrétiens qui auraient l'audace de s'établir dans cette ancienne résidence des rajahs, seraient châtiés de la manière la plus terrible, s'ils profanaient de leur présence la demeure où le sang

des martyrs de l'Islam avait coulé en même temps
que celui des prêtres de Brahma.

Mais John ne s'occupa pas plus de cette ancienne tradition hindoue, qu'il ne s'était inquiété
autrefois des spectres du vieux château dans le
Rutlandshire. Il lui suffit de s'assurer que les
terres qui entouraient cette ruine princière, con-
venaient parfaitement à la culture du coton; que
l'habitation elle-même, après avoir été réparée,
serait un séjour délicieux pour sa chère Suzanne, et il s'installa dans ce domaine, sans s'informer davantage de l'histoire de ses anciens
maîtres que s'il eût acheté, par-devant notaire,
une ferme située en Beauce ou en Normandie.

Il s'occupa d'abord de faire construire les bâti-
ments d'exploitation, dans une prairie séparée
du palais des rajahs par un magnifique bois
d'orangers. Ils furent installés avec tout le con-
fort britannique, et jamais les ouvriers indigènes
n'avaient trouvé chez les princes musulmans un
abri aussi commode, aussi salubre, aussi admirablement approprié au climat de ces montagnes.
Mais John n'avait voulu faire aucun sacrifice
aux superstitions redoutables dont l'existence
même lui était inconnue, et qu'il bravait sans
s'en douter. Aussi les actes les plus indifférents
de sa pratique quotidienne devenaient-ils au-

tant d'actes sacrilèges semant l'horreur de ses bienfaits !

Quant à l'ancien palais, tout en lui conservant à l'extérieur son architecture primitive, John l'avait embelli et approprié intérieurement aux besoins d'une famille anglaise. Des jets d'eau, si précieux sous ce climat brûlant, rafraîchissaient la plupart des salles encore revêtues de marbre, et un superbe mobilier européen contrastait avec les ornements bizarres du luxe hindou. Autour de l'habitation s'étendait un magique paysage, à la végétation puissante, et où les pêchers, les pommiers, les pruniers, les cerisiers de l'Europe se mariaient avec les tamarins et les palmiers. Admirable mélange de formes qui se complètent l'une par l'autre et forment un ensemble que l'œil contemple toujours avec ravissement. N'est-ce pas le gracieux symbole de l'avenir glorieux qui attend la péninsule hindousta-nique, le jour où un nouveau Baber fera vivre, sous l'égide des mêmes lois, tant de peuples doués de qualités précieuses, et susceptibles de jouer chacun un rôle dans la grande harmonie du progrès ?

C'était au génie fin et délicat de Suzanne que John devait l'installation de cette demeure sans rivale, où deux arts se donnaient la main, où deux civilisations commençaient à se réconcilier, et où les sciences de l'Europe apprenaient à mûrir sous le soleil de l'Hindoustan.

Le docteur Henry Hartley ne s'était pas trompé en annonçant que le climat tropical pourrait accomplir une merveille dont l'art humain était incapable. Dès les premiers temps de son séjour aux Nilghéries, Suzanne avait senti une vie nouvelle pénétrer tout son être. Bien qu'elle ignorât complètement le danger qui l'avait menacée, elle s'étonnait de sentir son sang couler dans ses veines avec une impétuosité qu'elle ne lui connaissait pas. L'aimable femme s'endormait souvent plus forte après une journée de fatigues, qu'elle ne s'éveillait jadis le matin, à la ferme du Rutland. Elle trouvait une saveur nouvelle aux fruits, au laitage, aux parfums. L'air lui semblait avoir acquis des vertus vivifiantes; elle buvait avec délices l'eau cristalline qui tombait goutte à goutte du haut des roches mystérieuses, et le vent de mer lui semblait embaumé de senteurs étranges que son poumon aspirait avidement.

John suivait avec une attention extrême tous les progrès de cette guérison miraculeuse dont la malade fut la dernière à se douter, car elle était hors de danger depuis longtemps, lorsqu'une expression imprudente d'une lettre du docteur excita les soupçons de Suzanne et obligea le planteur à se laisser arracher son secret.

D'autre part, les cultures prospéraient au delà de tout ce que l'on avait pu espérer, et, grâce à la finesse de ses fibres, le coton des Nilghéries faisait prime sur le marché de Londres.

Tout ce que John pouvait tirer d'une terre immense, douée d'une fertilité prodigieuse, était vendu d'avance, quand une autre joie, prévue aussi par le docteur Henry, vint encore s'annoncer. Suzanne apprit à son mari que bientôt elle serait mère.

Suzanne, que son affabilité faisait adorer de tous ceux qui l'approchaient, s'était attaché deux jeunes filles hindoues, presque sœurs, puisqu'elles appartenaient à la même *aldée* ou village. Nana et Tata, ainsi s'appelaient ces deux jeunes filles, avaient toute la superstition aveugle de leurs compatriotes, sectateurs de Brahma et de Vichnou; mais elles aimaient tant leur maîtresse, qu'aucune divinité de leur sauvage religion n'eût été capable de les en détacher. Aussi, quand Suzanne put prévoir une prochaine maternité, compta-t-elle uniquement sur ses fidèles suivantes pour donner les soins les plus assidus, les plus dévoués, à l'enfant qui allait naître.

Elle déclara bien haut qu'elle ne confierait pas son nouveau-né aux soins mercenaires d'une Européenne ramassée au hasard sur la côte ou dans les bas-fonds de la société anglo-hindoue. Elle préférait avoir confiance dans la mamelle d'une chèvre, si la Providence lui refusait la joie d'allaiter l'enfant qui allait naître.

Du reste, l'heureux évènement arriva à l'improviste, pendant une absence de quelques jours que John avait été obligé de faire. Quand il revint aux Nilghéries, tout était fini déjà, et Suzanne elle-même, rayonnante d'orgueil et de plaisir, lui présenta son enfant, la plus ravissante petite fille que l'on pût voir.

L'absence de John au moment de la naissance de sa fille fut l'objet de certaines interprétations fâcheuses. Parmi les dames de Bombay, Suzanne avait des ennemies et des jalouses. On répandit donc le bruit absurde que Mme Hartley, connaissant le désir ardent qu'avait son mari d'être père, et ayant vu mourir son enfant peu d'instants après sa naissance, n'avait pas hésité à le remplacer par une enfant étrangère, qu'elle s'était procurée on ne savait comment.

John, ainsi qu'on peut le croire, n'avait entendu parler que vaguement de ces suppositions ridicules; il les eût repoussées avec mépris et

colère, si on lui eût formellement dénoncé sa
chère Suzanne comme s'étant rendue coupable
d'une substitution d'enfant. Mais il était resté
quelque chose de ces stupides *racontars*, triste
levain que des circonstances funestes, imprévues,
pouvaient développer d'une manière terrible, et
d'autant plus dangereux que ces jalouses com-
mères avaient la facilité d'exploiter bien des coïn-
cidences fortuites, indifférentes, tenant au goût de
Suzanne pour les habitudes des populations au
milieu desquelles elle s'était trouvée transplantée.

D'abord, Suzanne, au lieu de donner à sa fille
des noms usités en Angleterre, l'avait appelée
Néridah, ce qui veut dire en langue tamoul
« celle qui orne la vie ». Plus tard, lorsque la
mère, qui était fort instruite, s'occupa en personne de l'éducation de sa fille, elle lui apprit
elle-même à parler avec une grande pureté la
langue de Milton, de Shakespeare et de Byron;
mais elle ne s'opposa pas à ce que Néridah
apprît en même temps les divers idiomes du
pays. Elle se plaisait à ce que sa fille portât
souvent l'élégant costume des enfants hindous,
car ce vêtement ample lui semblait beaucoup
plus commode et plus hygiénique, dans l'Inde,
que celui des enfants élevés dans la brumeuse
Angleterre.

Elle s'était même prêtée à une fantaisie bizarre de Tata et de Nana, qui lui avaient donné tant de preuves d'affection et qui montraient pour sa fille un amour presque aussi tendre, aussi passionné que le sien.

Elle s'était laissé persuader par les deux gouvernantes qu'en teignant les cheveux de l'enfant avec une plante semblable au khal, qui croît dans le canton des Nilghéries, Néridah éviterait plus facilement les migraines et les fièvres cérébrales, auxquelles les enfants des Européens dans l'Inde sont exposés jusqu'à l'âge de dix ans. Toutefois, craignant avec raison que John, qui avait pour les mœurs indigènes une répulsion incroyable, ne désapprouvât cette pratique, elle se donna bien garde de lui en faire confidence. Elle ne craignait rien tant que son mari ne découvrît le mystère de ce changement de couleur, et elle détournait adroitement la conversation chaque fois qu'il s'agissait des cheveux de son enfant. Combien elle était loin de se préoccuper alors des armes qu'elle préparait à la calomnie et à la malignité en protégeant par un procédé fantastique, contre un mal imaginaire, la charmante fille qu'elle idolâtrait !

Peu de mois après que John et Suzanne avaient quitté l'Angleterre, Alfred Hartley, fils du doc-

teur Henry, était sorti de Cambridge et avait subi
avec éclat ses examens pour être admis dans les
services civils de l'Inde. Suivant le conseil de son
oncle et de sa tante, il avait obtenu un poste auprès du résident anglais de Mysore, ce qui lui
permettait de venir, de temps en temps, passer
quelques jours dans sa famille, sur la plantation
des Nilghéries.

Alfred était un grand jeune homme, à l'air intelligent et hardi, qui apportait dans ses devoirs
professionnels une ardeur patriotique. Il avait
des connaissances très étendues, et prenait surtout un intérêt véritable à étudier les mœurs et
les habitudes des indigènes qu'il était appelé à
administrer. Aussi l'avait-on chargé plusieurs
fois d'enquêtes difficiles pour pénétrer les soi-
disant prodiges que produisent les Thugs et les
jongleurs indiens. Il s'était tiré avec honneur,
malgré sa jeunesse, de missions de ce genre, devant lesquelles les gens les plus expérimentés
de la colonie européenne eussent peut-être reculé.

Alfred éprouvait une vive affection pour sa petite cousine Néridah ; c'était elle particulièrement qui l'attirait aux Nilghéries, aussitôt qu'il
pouvait dérober quelques jours à ses occupations
habituelles. Néridah, en effet, dès sa plus tendre
enfance, avait un esprit au-dessus de son âge, et

L'enfant avait une chevelure noire. (Page 39)

sa beauté était merveilleuse. Sa gentillesse, son excellent cœur, ses gazouillements de petit oiseau excitaient l'admiration. Elle était tout le portrait de sa mère; même grâce dans les mouvements, même douceur dans la physionomie, mêmes yeux bleus d'un azur limpide et profond. Seulement, au lieu des cheveux blonds de Suzanne, l'enfant avait une chevelure noire, qui ne devait pas sa couleur à la nature, mais aux manœuvres imprudentes de Nana et de Tata, ses superstitieuses nourrices.

CHAPITRE III

La cobra.

Grâce à l'intelligence et à l'activité de John Hartley, la plantation des Nilghéries avait donné de rapides et fructueux résultats; aussi devint-il nécessaire d'établir un chemin de fer, qui la relierait à la ligne du Sud-Hindoustan, pour le transport de ses riches produits et pour la commodité de ses nombreux travailleurs.

Dès que ce chemin de fer fut terminé, John, en

sa qualité de chef de la puissante Compagnie qui avait si complètement transformé cette partie importante des domaines de Sa Majesté britannique, pria le résident anglais de Mysore de venir l'inaugurer et de donner à cette inauguration toute la solennité possible. Ce haut fonctionnaire accepta avec empressement, car il s'agissait de célébrer la mise en service d'un grand travail, témoignant que la domination anglaise était assez solidement enracinée dans ces montagnes pour permettre à l'initiative privée d'y produire des merveilles rares au milieu de la vieille Europe. A cette époque, on ne comptait pas en Angleterre, en Belgique et en France plus d'une demi-douzaine de lignes comparables à celle que John avait construite aux frais de ses actionnaires, dans un canton sauvage où les seuls stimulants des travailleurs avaient été jusqu'à ce jour le sabre et le bâton.

Le gouverneur général de l'Inde, prévenu de ce qui se passait, avait décidé en conseil qu'une grande fête, à laquelle les indigènes ne manqueraient pas d'assister en foule, serait donnée aux Nilghéries, et que le résident de Mysore s'y rendrait en son nom, à la tête d'un brillant cortège, avec mission de le représenter.

La veille du jour fixé pour la cérémonie,

ohn monta à cheval, suivi de la plus grande
artie de ses serviteurs européens, afin de se
endre au-devant du grand personnage dont
approche lui était télégraphiquement signalée.

Suzanne était retenue chez elle par les apprêts
'une fête à laquelle tous les Européens mar-
uants de la province allaient participer, et
lle n'avait pas une minute à perdre pour leur
onner une hospitalité digne des rajahs, anciens
naîtres du palais. Mais elle avait depuis long-
emps caressé le dessein innocent de faire
ccompagner son mari par Néridah, alors âgée
le près de dix ans. Sa vanité maternelle, la
lus excusable de toutes, lui faisait savourer
l'avance le désappointement de ses jalouses en
voyant la grâce et l'adresse d'une fillette élevée
en dehors des préjugés de sa nation. Cependant,
orsqu'il fallut exécuter ce projet si longuement
caressé, une vague inquiétude empoisonna
l'avance le plaisir que cette tendre mère s'était
promis.

Suzanne, bien que son mari et sa fille ne
dussent pas être absents plus de quelques heures,
ne pouvait se défendre d'un véritable chagrin.
Peut-être ce sentiment avait-il pour cause les
lamentations de Nana et de Tata qui, imbues de
leurs superstitions locales, lui parlaient sans

cesse des malheurs dont les Européens établis dans le pays étaient menacés. Toujours est-il qu'au moment du départ, quand elle vit la petite Néridah, vêtue d'une élégante amazone, et montée sur un charmant poney qu'elle maniait avec aisance, se ranger à côté de son père, déjà à cheval ainsi que les personnes de sa suite, elle donna libre cours à ses larmes.

Néridah ne se trompa pas un instant sur la nature du sentiment qui s'emparait inopinément de sa mère. Elle sauta légèrement, comme une sylphide, en bas de son poney, et se jeta dans les bras de Suzanne.

« Bonne maman chérie, lui dit-elle affectueusement, pourquoi ces pleurs? Nous reviendrons demain avec le résident et tout le beau monde de Mysore.... Tu verras comme le cortège sera magnifique!.... Et puis, nous ramènerons mon cousin Alfred.... Tu l'aimes, mon cousin Alfred? il est si bon!.... quand nous serons de retour, je t'embrasserai bien, bien.... Et puis, nous ne nous séparerons plus, chère maman.... Jamais, jamais. »

Suzanne sourit à travers ses larmes, dont elle eut honte, aida elle-même sa fille à remonter en selle et fit un signe d'adieu.

Les voyageurs partirent au galop, et quelques

minutes après, le nuage de poussière qui les en-
veloppait disparaissait également.

Trop de soins divers réclamaient Suzanne pour
qu'elle continuât de s'abandonner à ses inquié-
tudes qui ressemblaient à des pressentiments. Il
s'agissait de préparer le palais à recevoir tant
d'hôtes illustres, et la jeune femme désirait donner en personne des ordres à ces innombrables
serviteurs de tout sexe, de tout âge, de toute
caste, qui, dans l'Inde, sont l'accessoire obligé
des moindres installations européennes.

Tandis qu'une extrême activité régnait dans
l'intérieur du palais, une foule considérable,
recrutée plus facilement qu'on ne le supposait,
s'était accumulée dans les champs voisins. Les
populations, si souvent inertes et indifférentes en
présence des grands spectacles de la civilisation,
montraient pour la première fois une curiosité
véritablement spontanée. Les Hindous et les
Musulmans des villages voisins, les ouvriers du
chemin de fer, s'étaient joints aux cultivateurs
de la plantation. Les Bheels et les Ghonds des
forêts lointaines avaient été attirés par l'espoir
de quelque distribution de riz ou d'étoffes. Il y
avait des nègres au teint de bronze, des Hindous au visage légèrement bruni par le soleil;
et au milieu de cette foule bariolée on voyait di-

verses espèces d'animaux, la vache aux cornes dorées du sectateur de Vichnou, la chèvre du Cachemyre, le cheval de race persane. Des dompteurs avaient amené des ours, des tigres, des lions et des jaguars; et tous ces animaux poussaient parfois des cris sauvages, qui dominaient le murmure polyglotte de la multitude humaine.

Parmi les jongleurs de toute sorte qui devaient prendre part à la fête, se trouvaient plusieurs charmeurs de serpents. Ces bateleurs portaient au cou, en guise de cravate, la cobra, serpent verdâtre, dont la morsure est terrible; afin de montrer combien les effets en sont foudroyants, on donne dans l'Inde à ce reptile le nom de « serpent à la minute ».

Ces étranges personnages font partie du personnel de toutes les fêtes publiques de l'Inde, où ils sont toujours fort entourés; mais jamais la multitude n'avait prêté une aussi fébrile attention à leurs moindres mouvements. Il semblait que chaque indigène eût le pressentiment qu'ils allaient jouer un rôle que les Anglais ne pouvaient deviner, et qu'on ne pourrait comprendre si nous ne donnions quelques explications sur les méthodes extraordinaires que ces vagabonds savent pratiquer.

Le charmeur, d'ordinaire un Malabar, com-

mence par chercher un arbre sur lequel l'allure
effarouchée des oiseaux de proie lui donne à pen-
ser qu'une de ces vipères, à la fois plus robustes
et plus longues que celles de nos pays, doit s'être
enroulée.

Il s'accroupit à côté du tronc; puis il se met
à chanter, d'une voix basse et traînante, un re-
frain entrecoupé de petits sifflements, imitant le
chant d'un boule-boule.

Si le feuillage est habité par une cobra, la bête,
qui trouve plaisir à cette sorte de musique, ne
tarde pas à se montrer. Elle descend paresseusement de branche en branche, jusqu'à ce qu'elle
arrive à se balancer un peu au-dessus de la tête
du charmeur.

Dardant alors ses petits yeux sanguinolents
sur l'homme qui la régale d'un agréable concert,
elle oublie pour un instant ses instincts de des-
truction; elle se laisse glisser jusqu'à terre, et
déroule ses anneaux avec une voluptueuse lenteur. Enfin elle se dirige vers le chanteur, en
rampant avec précaution pour ne point troubler
l'harmonie qui lui plaît.

Dès qu'il s'aperçoit qu'elle est arrivée à la portée de son bras gauche, le Malabar la saisit rapidement près de la tête. Il la tient serrée de telle
sorte qu'elle ne peut plus se retourner pour

mordre ; mais son corps fouette l'air si vigou-
reusement qu'on entend un sifflement aigu, très
suffisant à lui seul pour terrifier un profane.

Sans se laisser émouvoir par cette fureur im-
puissante, le dompteur de serpent se sert de sa
main droite pour tirer de son sein un coutelas
aiguisé avec soin et préparé d'avance. Il l'introduit dans la gueule de la cobra, en prenant soin
que le tranchant soit placé en haut. Il suffit d'un
mouvement du poignet pour faire sauter les deux
incisives de la mâchoire supérieure, ainsi que
les deux vésicules à venin qui y sont adhé-
rentes.

Une fois cette opération effectuée, la cobra est
désarmée d'une façon radicale jusqu'à ce que ses
dents et ses vésicules à venin aient repoussé,
ce qui ne demande pas une longue période de
temps ; car la mâchoire du serpent est bien loin
de ressembler à celle de l'homme, qui peut à
peine fournir l'ivoire d'une seconde dentition. Le
crochet redoutable est encore en place que celui
qui doit le remplacer en cas de perte existe déjà
par-dessous. Aussi visite-t-on périodiquement la
mâchoire des serpents destinés aux exercices,
afin de lui enlever les dents mortelles, à mesure
qu'elles se reforment.

Ainsi édentée, la cobra peut être maniée

sans le moindre danger. Les charmeurs s'en servent donc pour exciter l'étonnement de la foule
en l'enroulant de mille manières autour de leur
cou, de leurs bras, de leurs jambes. Ils en por-
tent des guirlandes qu'ils tourmentent et provo-
quent avec impunité, sans qu'il en résulte pour
eux le moindre inconvénient. Bien entendu, ils
attribuent cette immunité à la puissance de
leurs incantations et à l'intercession de leurs
faux dieux.

Mais ils ne mutilent pas de la sorte tous les
reptiles dont ils se sont emparés. Il en est un
petit nombre qu'ils gardent soigneusement à
part, et dont ils laissent la mâchoire se recom-
pléter dans un but de vengeance infâme ou de
lâche assassinat.

La cobra, qui a ainsi retrouvé ses crochets
venimeux, devient une arme terrible entre les
mains de ceux qui la possèdent; car, dès qu'on
ouvre l'orifice d'un tube dans lequel on la garde
emprisonnée, elle se précipite en ligne droite,
comme une flèche que décoche la main d'un
archer.

Elle mord avec une aveugle rage les premiers
êtres vivants qui se présentent et s'attache à sa
victime avec une inconcevable ténacité. Il devient
impossible de lui faire lâcher prise, qu'elle se

soit fixée à la face d'un lion, à la gorge d'un tigre,
ou aux lèvres roses d'un enfant.

Ceci expliqué, disons ce qui se passait aux Nilghéries pendant la nuit qui précéda la fête an-
noncée.

Il était environ deux heures du matin; le jour
était loin encore, mais un croissant de lune éclai-
rait faiblement la campagne. Tout le monde dor-
mait dans l'habitation à la suite d'une journée
de travail, et se préparait aux fatigues de la
journée qui allait commencer. Suzanne, après
avoir veillé à tout et s'être assurée que ses ordres
avaient reçu une entière exécution, s'était retirée
depuis longtemps dans la chambre somptueuse
qu'elle occupait au rez-de-chausée du palais.

Au dehors, dans une vaste prairie où devait
avoir lieu la fête, régnait également un calme
profond. Les gens qui y campaient, semblaient se
livrer au sommeil, les uns sous des tentes, les
autres en plein air, ce qui n'avait aucun inconvénient par cette nuit tiède et parfumée.

Tout à coup, le chant d'un grillon s'éleva de
l'extrémité de la prairie. Dans ces régions, le
grillon est un insecte rare, pas assez cependant
pour qu'on puisse s'étonner de l'entendre. Après
une pause, dont la longueur paraissait calculée,
le chant recommença, puis cessa de nouveau,

après avoir duré juste autant que la première fois.

Alors, quelque chose bougea dans une tente habitée par les charmeurs de serpents et dans laquelle s'étaient glissés plusieurs talapoins, prêtres idolâtres d'une pagode voisine. Charmeurs et talapoins avaient l'air de dormir depuis longtemps et demeuraient silencieux. Cependant, à la pâle clarté de la lune, on eût pu voir une forme humaine se glisser hors de la tente, et, rampant sans bruit au milieu des herbes, se diriger vers l'endroit où l'on avait entendu l'insecte lancer son chant d'amour dans les ténèbres de la nuit.

Quand il eut atteint un massif d'arbres situé à quelques pas seulement du palais, l'inconnu entrevit dans l'ombre une seconde personne qui semblait l'attendre. Des mots mystérieux furent échangés; puis, l'homme qui venait de la tente des charmeurs de serpents, remit à l'autre un tube de bambou, fermé aux deux extrémités, et lui dit en langue hindoue, à voix basse, mais cependant avec un accent solennel :

« Que Siva et la déesse Kali te protègent, frère! Tu es destiné à venger les dieux et le peuple de l'Inde; tu vas punir cet abominable chrétien qui scandalise les vrais croyants, en déchirant avec le fer de ses charrues le sein d'une terre consacrée aux lézards, aux serpents et aux plantes rampantes ; tu vas frapper l'infidèle qui se flatte de fertiliser un sol sur lequel s'est répandu le souffle divin du maître de l'Épouvante et du souverain des Trépassés. Tu vas le frapper dans ce qu'il a de plus cher, en ayant soin de l'épargner lui-même ; car il faut qù'il vive pendant de longues années, portant la marque de la justice de Kali et appelant vainement une mort qui ne voudra pas de lui.... Frère, encore une fois, que la bénédiction de Brahma descende sur ta tête, et puisse ton cadavre être bercé un jour, suivant ton pieux désir, sur les ondes du fleuve sacré ! »

Alors le charmeur se baissa, et se mit à ramper de nouveau dans les hautes herbes, en laissant derrière lui une trace que l'œil le plus exercé aurait confondue avec le sillon d'un serpent.

L'homme qui venait de recevoir le tube et qui paraissait être habitant du palais, marcha, de son côté, vers le jardin, où il pénétra par une petite porte en treillage, presque entièrement dissimulée par des plantes grimpantes. Après avoir refermé soigneusement et sans bruit la serrure dont il possédait le secret, il se glissa vers la maison, en prenant les plus minutieuses précautions pour nc pas quitter l'ombre des arbres et ne point faire crier le sable des allées.

Arrivé devant une large fenêtre, que fermaient des persiennes et par laquelle filtrait la pâle lumière d'une veilleuse, il resta un moment immobile. Comme tout demeurait silencieux, il glissa un couteau dans une des fentes que laissaient entre elles deux des feuilles de bois, fendit le léger store de soie qui était tendu par derrière ; et, par l'ouverture qu'il pratiqua de la sorte, il introduisit son tube de bambou. En même temps, il déboucha rapidement l'extrémité qui était braquée vers l'intérieur de la chambre.

On entendit un léger sifflement à peine perceptible, puis tout rentra dans le silence ; pas un cri, pas un appel ne troubla le calme de la paisible demeure où un hôte aussi dangereux venait d'être traîtreusement introduit.

Bientôt l'homme se hasarda à jeter, par la déchirure de la soie entre-bâillée, un regard furtif dans la chambre, où une lampe de nuit projetait une lueur incertaine. Cependant ce que ce misérable aperçut le satisfit sans doute, car un sourire hideux contracta ses traits, et il se hâta de disparaître sous les arbres du jardin.

Le reste de la nuit se passa tranquillement. Aux premiers rayons du jour, la foule campée

aux environs du palais sortit de l'engourdisse-
ment, plus apparent que réel, dans lequel elle
était restée plongée. Dès qu'il fut possible, suivant l'expression consacrée du Coran, de distinguer un fil blanc d'un fil noir, mille rumeurs
confuses, formant comme une sorte d'harmonie
vitale universelle, s'élevèrent de toutes parts.
Les talapoins et les fakirs préparaient les tours
de jonglerie avec lesquels ils devaient étonner
les Anglais venus de Mysore. Les bayadères commençaient à effeuiller les roses dont elles devaient semer la route des palanquins. Les musi-
ciens mettaient d'accord leurs instruments bizarres, et les thasildars, espèce de maires indigènes,
appuyés sur leurs cannes à pomme d'or, en-
voyaient des estafettes pour être avertis en temps
utile de l'arrivée du résident et de son cortège.

En ce moment, des cris perçants, cris de douleur et d'effroi, sortirent de l'enceinte du palais.
Sous la véranda ou galerie extérieure, on voyait
les domestiques courir et se lamenter; les gouvernantes de Néridah s'arrachaient les cheveux
et se tordaient les bras.

Cette vue parut produire une impression vive
et profonde sur les gens de toutes races et de
toutes conditions réunis pour la fête. Mais, fort
hypocrites dans leurs démonstrations, les Hin-

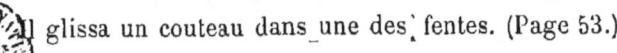

Il glissa un couteau dans une des fentes. (Page 53.)

dous ne le sont pas moins dans leur silence.
Leur douleur de commande n'eût trompé aucun
physionomiste tant soit peu expérimenté. Il n'eût
pas été difficile de lire une expression de joie
méchante sur la figure de quelques personnages
à la tête rasée, qui étaient les talapoins.

Ces derniers devaient être parfaitement au
courant de ce qui s'était passé dans l'intérieur
du palais, et n'auraient eu aucun besoin des
explications que nous allons donner à nos lecteurs.

Pendant la soirée précédente, Nana et Tata
avaient reçu de Suzanne l'ordre de l'éveiller au
petit jour, afin qu'elle pût s'occuper des préparatifs du dernier moment, et, avec leur ponctualité
ordinaire, elles n'avaient pas manqué d'exécuter
religieusement cette consigne. N'entendant aucun
bruit dans la chambre, elles s'approchèrent à pas
lents et appelèrent doucement leur maîtresse.
Comme elles ne recevaient pas de réponse, elles
s'avancèrent jusque sur le tapis, confondues de
voir qu'une femme si active était affectée de
somnolence dans un pareil moment.

Suzanne était couchée sur son lit, ses longs
cheveux blonds épars sur l'oreiller de dentelle.
On pouvait la croire endormie, car ses traits
calmes, reposés, conservaient la beauté étrange

que le soleil de l'Inde leur avait donnée, et qui la faisait ressembler à une Vierge de Raphaël sur laquelle le pinceau de Ribeira aurait passé un glacis doré; on pouvait croire qu'un sourire, causé par un rêve agréable, effleurait encore ses lèvres vermeilles.

Mais ce ne furent pas ces détails charmants qui frappèrent les nourrices de Néridah quand leurs regards purent discerner l'ensemble de ce ravissant tableau; ce fut une circonstance épouvantable, horrible, que rien n'avait pu faire prévoir. Autour du cou, si blanc et si pur de Suzanne, était enroulé un horrible serpent, une cobra, qui regardait avec ses yeux rouges les pauvres femmes frémissantes et semblait près de s'élancer sur quiconque tenterait de lui arracher sa proie.

Mordue en plein sommeil, Suzanne était morte, morte depuis longtemps, morte sans avoir fait un mouvement; le venin du serpent « à la minute » avait eu un si foudroyant effet qu'elle avait été pétrifiée dans l'attitude même que le sommeil lui avait donnée[1].

Nana et Tata, en présence de cette effroyable tableau, restèrent comme les femmes changées

1. Voyez la note à la fin du volume.

en marbre dont parle le Koran; elles voulaient
crier, les sons expiraient dans leur gorge. Elles
voulaient fuir ce lieu d'horreur pour aller
chercher du secours, mais leurs pieds semblaient attachés au sol maudit par une force invisible. Au bout de quelques instants seulement,
les malheureuses recouvrèrent la voix et le mouvement. Alors elles sortirent par la véranda, en
s'agitant comme si les Furies d'Électre eussent
été acharnées à leur poursuite, et elles firent
entendre les cris déchirants qui avaient jeté
l'alarme dans tout le palais et dans les environs.

La première personne qui osa pénétrer chez
Suzanne fut le *dobachy* ou chef des domestiques.
C'était un Hindou que l'on disait très attaché à
sa féroce religion, mais qui, en maintes circonstances, avait fait preuve de sang-froid, de courage, et surtout de dévouement envers ses maîtres.

A peine entré, il courut sans crainte vers la cobra, dont il connaissait évidemment les habitudes; car il la saisit avec rapidité par le cou, juste
à l'endroit où les charmeurs de profession prennent les serpents, et la serra énergiquement entre
le pouce et l'index, en ayant bien soin de rejeter
en arrière le second doigt. De l'autre main, il
déroula les anneaux gluants du reptile qui se

débattait ; puis, imprimant au corps de la cobra
un mouvement de fronde, il le fit tourner avec
une vitesse merveilleuse, et finit par lui écraser
la tête contre une table de marbre, de laquelle il
s'approcha sans bouger les jambes et en portant
simplement le corps en avant.

Tandis que l'horrible bête palpitait encore à ses
pieds, un grand bruit au dehors annonçait l'arrivée du résident et de son cortège.

CHAPITRE IV

Le dobachy.

Les Anglais dans l'Inde, fidèles en ceci aux traditions que leur ont laissées les Mogols, anciens maîtres du pays, ne perdent aucune occasion d'étaler aux yeux de leurs administrés ce faste extraordinaire qui convient à la puissance dans l'extrême Orient. Aussi, le résident de Mysore s'était-il mis en marche pour la plantation des Nilghéries avec un cortège qui eût fait pâlir celui des plus grands monarques de l'Europe.

En avant, marchait un bataillon de cipayes à l'uniforme blanc. L'officier européen qui les commandait et les officiers en sous-ordre étaient portés dans des palanquins, ce qui nécessitait un grand nombre de porteurs et de domestiques de tout genre. Puis venait une troupe brillante de cavaliers, les uns en uniforme, les autres revêtus du riche costume indigène, parmi lesquels se trouvaient John Hartley et son neveu Alfred. Enfin on voyait s'avancer une douzaine de majestueux éléphants, couverts de housses brodées d'or, et chargés de tours en bois précieux, qui contenaient beaucoup de dames élégamment parées et de hauts fonctionnaires. Sur le plus monstrueux de ces animaux, dans une tour dorée, était le résident ayant à son côté la petite Néridah, qui peut-être eût préféré chevaucher sur son poney, entre son père et son cousin. Les trompettes et les cymbales des cipayes jouaient de temps en temps des marches joyeuses, pendant que des bannières, aux couleurs éclatantes, s'agitaient sur toute la longueur du cortège.

Mais le chant national, qui depuis l'Équateur jusqu'au Pôle fait palpiter le cœur de tout véritable sujet anglais, ne devait retentir qu'au moment où l'on entendrait les acclamations des travailleurs accumulés sur les plantations et le

son des instruments qui devaient donner le signal
à ces manifestations imposées.

Comme on approchait du palais, John s'étonna
de voir qu'aucune des parties du programme
ne recevait d'exécution. Un orchestre indigène,
qui était à portée, disposé dans un massif de
feuillage au bord du chemin pour signaler le
cortège, et qui devait voir John, puisque ce dernier l'apercevait très nettement, s'obstinait à
garder un silence tout à fait surprenant. Déjà
l'on distinguait des groupes nombreux; mais au
lieu de prodiguer les signes de joie, ils restaient
mornes, immobiles et muets.

John, qui savait combien sa femme était ponc-
tuelle d'ordinaire à remplir ses instructions, fut
le premier à prendre l'alarme. Pour que Suzanne
eût manqué aux recommandations expresses
qu'il lui avait faites, il fallait admettre un de ces
évènements étranges, incroyables, qui échappent
à toute prévision. N'y tenant plus, il dit rapidement quelques mots à Alfred pour l'engager
à veiller sur la petite Néridah; puis il poussa
son cheval en lui enfonçant les éperons dans
ventre.

En quelques minutes, il atteignit le palais et
sauta à terre; puis, jetant la bride de sa mon-
ture à la première personne qui se présenta, il

se précipita comme un insensé dans l'intérieur
de cette demeure qu'il pensait trouver si heureuse et toute en fête.

Il ne rencontra que des domestiques affolés,
pâles de terreur, qui répondaient à ses questions
par des paroles inintelligibles ou des gestes de
désespoir. Nana et Tata, baignées de larmes, les
vêtements en désordre, accoururent au-devant de
lui, et malgré le préjugé qui défend aux femmes
hindoues de toucher les habits des Européens,
sous peine de perdre leur caste, elles se jetèrent
à ses vêtements, comme si elles cherchaient à
l'arrêter.

De leur bouche contractée sortirent ces mots
terriblement significatifs :

« Ah! maître... ah! seigneur... une si bonne
maîtresse ! »

Fou d'impatience et d'inquiétude, incapable de
comprendre ces paroles, hélas ! si claires, John
s'élança dans la chambre de Suzanne.

Nous savons ce qu'il y vit. Au fond de cette
chambre vaste et somptueuse, décorée avec le
luxe grandiose des Hindous, sur un lit aux cour-
tines de soie, aux luxuriantes mousselines blan-
ches, la jeune femme était étendue sans mouvement. A quelques pas du lit, sur les dalles de
marbre, frémissait encore la cobra.

Passant comme un ouragan au milieu de la chambre funèbre, John ne remarqua rien. Il arriva vers le lit :

« Eh bien, ma chère, à quoi penses-tu?... Pas levée encore !... Voici le résident, voici le cortège..., et toutes les dames de Mysore qui viennent ici !... Suzanne, Suzanne ! c'est moi... Ne m'entends-tu pas ? »

Il se pencha alors vers Suzanne pour l'éveiller en la secouant. Horreur ! sa malheureuse femme était glacée, et sur le satin de sa peau il aperçut pour la première fois quelques gouttes de sang.

Alors l'épouvantable vérité lui apparut tout entière ; le serpent gisant à ses pieds rendait toute explication superflue.

Le malheureux chancela comme s'il venait de recevoir un coup de massue sur la tête.

« Suzanne ! s'écria-t-il d'un ton déchirant ; ma chère Suzanne !

Et il tomba foudroyé devant la couche funèbre.

Le cortège s'était arrêté devant le palais, et tous les invités avaient mis pied à terre. En apprenant qu'un malheur venait d'arriver chez leur hôte, la plupart avaient envahi la chambre, et sans demander aucune espèce d'explication, ils avaient suivi le flot humain ; le résident lui-même avait fait comme les autres. Il était entré un des derniers ; mais ceux qui l'avaient précédé s'étant écartés par respect, il se trouva bien vite au premier rang.

A sa vue, John qui, appuyé contre un meuble, paraissait anéanti, fit un violent effort pour surmonter son accablement :

« Monsieur le résident... Excellence, balbutia-t-il, vous le voyez... ma femme bien-aimée... un serpent. »

Il ne put en dire davantage ; incapable de pleurer et de faire un mouvement, il suffoquait.

Quelque habitude qu'il eût des affaires de l'Inde, le haut fonctionnaire auquel s'adressait le malheureux époux de Suzanne ne pouvait cependant soupçonner qu'une portion de la vérité. La possibilité d'un crime si épouvantable, même dans la patrie des Étrangleurs, ne s'était point encore présentée à sa pensée ; tant de raffinement dans la vengeance la dépassait.

« Courage ! monsieur Hartley, lui dit-il ; ces terribles accidents sont par malheur très fréquents ici. Grâce à la chaleur du climat, les serpents venimeux se glissent dans toutes les maisons, et nul de nous ne peut être assuré qu'un jour ou l'autre ... »

En ce moment, chacun entendit une voix enfantine qui criait :

« Où est maman? Je veux embrasser ma bonne mère chérie ! »

Et Néridah, conduite par son cousin Alfred, entra à son tour. Quoique la présence de tant de gens à la mine consternée l'étonnât, elle s'avança d'un air calme, presque souriant ; mais le résident lui-même se jeta devant elle pour lui dérober l'affreux tableau, et voulut l'entraîner loin du lit. La malheureuse enfant, qui ne comprenait rien à l'espèce de violence dont elle se voyait l'objet, se débattait avec un acharnement qui avait quelque chose de navrant. Alfred, qui venait d'apprendre la vérité, prit une résolution énergique, saisit l'enfant à bras-le-corps, l'enleva de terre comme une plume et la porta dans les bras de son père, que cette émotion nouvelle tira de sa torpeur. Ce fut John lui-même qui dit à Néridah, en donnant enfin cours à ses larmes et en la couvrant de baisers :

« Pauvre petite, tu n'as plus de mère! »

Nous n'entrerons pas dans le détail de cette scène inénarrable. Pendant que le père et la fille se livraient à des transports de douleur, Alfred était seul à conserver un calme effrayant. On eût dit que cette douleur glissait sur une âme de pierre, car son œil était sec, son souffle plus régulier encore que d'habitude, et sans une légère crispation des lèvres, on aurait pu croire qu'il n'avait pas bien compris encore ce qui venait d'arriver.

Mais, avant de pleurer sa tante, le brave garçon songeait aux moyens de la venger. Sa connaissance des mœurs et des habitudes hindoues lui faisait soupçonner dans le tragique évènement un mystère qu'il importait d'approfondir sans perdre un instant. De sa paupière brûlante il avait eu la force de bannir les larmes qui, en voilant son regard, l'auraient peut-être empêché de reconnaître le coupable.

Il commença par s'enquérir de toutes les circonstances connues de la catastrophe; puis il se livra à des investigations, d'autant plus faciles qu'il était sur le lieu même où ces effrayants évènements venaient de se passer.

Son premier soin fut d'aller ramasser lui-même le corps du serpent. Il lui ouvrit la gueule et, tirant une loupe, étudia minutieusement la mâchoire. Cet examen parut confirmer ses soupçons, et, ayant laissé tomber la cobra, il promena un regard attentif sur toutes les parties de la pièce. Après un moment de réflexion, il se dirigea vers la fenêtre qui donnait sur le jardin ; il n'eut pas de peine à reconnaître la coupure qui avait été pratiquée dans le store. De ce moment, sa conviction était faite ; cependant il ne fit aucune réflexion, et resta debout, l'œil fixe, en proie à de profondes méditations.

Dès qu'elle eut un instant de liberté, Néridah, se dégageant des bras de son père, courut à lui.

« Cousin Alfred, s'écria-t-elle d'une voix sanglotante, tu sais que ma pauvre maman... »

Elle s'arrêta et le regarda avec une sorte de colère mélangée d'indignation.

« Quoi! tu ne pleures pas? ajouta-t-elle.

— J'aurai toute ma vie pour la pleurer, cousine Néridah, répliqua Alfred ; en ce moment, je ne songe qu'à la venger...

— La venger! et contre qui? Vois... le vilain serpent est mort.

— Le serpent n'a été qu'un instrument dans une main criminelle, et c'est cette main que je veux trouver.... Il faut que je la trouve !

— Que dites-vous, monsieur Hartley? demanda le résident avec surprise ; vous croyez qu'il ne s'agit pas d'un de ces accidents si fréquents dans nos maisons ?...

— Je crois, Excellence, que la mort de

ma malheureuse tante est le résultat d'un crime. »

Cette affirmation, si précise, excita une vive agitation parmi les personnes présentes. John lui-même sortit de la torpeur où il s'était replongé, pour dire à son neveu :

« A quoi penses-tu, Alfred?... Un crime !... Qui aurait pu en vouloir à ma pauvre Suzanne ? Elle était si douce, si bonne, si généreuse !... Tout le monde ici l'adorait !

— Ah! c'est bien vrai! s'écrièrent en chœur les domestiques et les servantes, en donnant les signes d'une grande douleur.

— Aussi n'est-ce pas à elle qu'on en voulait, mon oncle, reprit Alfred d'un ton ferme, c'est à vous... L'heureuse transformation que vous avez fait subir à ce pays, votre prospérité, votre puissance, le bien-être et la richesse que vous répandez sur ceux qui vous approchent, tout cela éveille la colère et la haine des sombres fanatiques qui exercent dans cette contrée une redoutable influence. On pouvait vous frapper, mais des monstres ont calculé, au fond de leur âme atroce, que le coup serait bien plus cruel pour vous, s'il vous atteignait dans vos plus chères et vos plus saintes affections...

— C'est impossible, balbutia le pauvre John;

j'avais des intentions si louables !.... J'ai comblé de bienfaits tous ceux qui s'adressaient à moi....

— La reconnaissance n'existe pas pour ces coquins féroces et stupides... Je le répète, ma tante a péri par un crime abominable, qui demande une vengeance prompte et terrible. »

En même temps, Alfred exposa à John et au résident, qui l'écoutaient avec attention, comment il avait acquis cette certitude. En ouvrant la gueule du serpent, il s'était assuré que les crochets venimeux étaient de formation récente, ce qui prouvait que la cobra avait appartenu à un charmeur et ne s'était pas introduite par hasard dans la chambre de Suzanne. Il expliqua que d'ordinaire on enfermait ces cobras dans un tube de bambou, et montra la coupure du store par laquelle avait passé le tube. Sa démonstration était claire, décisive, n'admettait aucun doute.

Tous les Anglais présents, et aussi les Anglaises (car plusieurs dames du cortège s'étaient glissées dans la chambre), frémissaient de terreur en écoutant ces affreux détails. Chacun tremblait dans son cœur en songeant qu'il pouvait être exposé à un péril du même genre. Le résident, qui comprenait combien l'impunité de ce crime pouvait nuire au prestige des Européens, dit avec empressement :

« Vous m'avez convaincu, monsieur Hartley... Eh bien ! à présent il faut à tout prix découvrir le scélérat qui a commis ce forfait. Vous avez montré tant de sagacité, qu'il est impossible que vous n'ayez pas quelque indice.

— Pas encore, Excellence ; mais l'auteur de l'attentat est certainement quelqu'un de la maison. »

Et Alfred promena un regard inquisiteur sur le groupe des domestiques, de tout sexe et de tout rang, qui s'étaient serrés les uns contre les autres et entassés dans un coin de la pièce.

« Qui de vous, demanda-t-il après un moment de réflexion, a pénétré le premier dans cette chambre, et écrasé la tête de la cobra? »

L'auteur de cet acte de courage était modeste sans doute, car il ne répondit pas. Néanmoins, un mouvement des nourrices de Néridah, qui avaient été témoins du fait, l'avertit que la modestie n'était pas de saison. Le dobachy, que son turban de mousseline désignait comme occupant un poste de confiance dans le palais, s'approcha les yeux baissés.

« C'est moi, sahib, répondit-il humblement ; c'est moi, le dobachy, qui ai pénétré dans la chambre et écrasé la tête de la cobra... Je ne crois pas avoir agi mal, car ce maudit serpent qui a tué mon excellente maîtresse, aurait pu mordre encore d'autres personnes. »

Cet homme avait un ton timide et doux, qui prévenait en sa faveur. Cependant Alfred le saisit par le bras, le plaça devant lui et le regarda dans les yeux, comme s'il voulait pénétrer jusqu'à son âme. Le dobachy, malgré l'empire qu'il avait sur lui-même, éprouva un léger tremblement nerveux et ne put dissimuler un certain malaise.

« Fort bien, dobachy, reprit Alfred ; mais comment as-tu osé toucher la cobra, au risque d'être mordu toi-même ?

— Oh ! je savais comment m'y prendre...

— Tu connais donc l'art des charmeurs de serpents ? »

Le dobachy sentit qu'il s'était fourvoyé et ne se pressa pas de répondre.

« Sahib, dit-il enfin, je n'ai reculé devant aucun danger pour éviter de nouveaux malheurs, et peut-être ainsi ai-je mérité une récompense !

— Une récompense ! répéta Alfred dont les soupçons s'augmentaient de minute en minute ; tu auras certainement celle que tu mérites. »

Cet interrogatoire avait lieu en présence du résident, de John et des invités notables, Anglais et Anglaises. La petite Néridah elle-même, s'étant glissée dans le cercle, ne perdait pas de vue l'indigène qui se débattait sous le regard de son cousin. Un instinct secret semblait l'avertir que cet homme n'était pas étranger au malheur qui la frappait, et, avec la ténacité qui caractérise les enfants, elle observait ses moindres mouvements.

Devenu l'objet de la défiance générale, le dobachy commença à se troubler; mais il chercha à donner le change à son interlocuteur et à dissimuler le malaise qu'il éprouvait. Avec les gestes exagérés des Orientaux, en agitant ses bras, en enflant sa voix, il protesta de son affection, de son dévouement, pour la morte, pour John Hartley, pour tous les Anglais présents et à venir. Pendant qu'il se démenait avec une animation qui laissait Alfred de plus en plus froid, un objet, qu'il avait caché dans son sein, se détacha et tomba par terre. Néridah s'empressa de le ramasser.

« Qu'est ceci? demanda-t-elle ; cousin Alfred, n'est-ce pas là un de ces tubes dont tu parles, qui servent d'étuis aux serpents? »

Cette fois le dobachy devint pâle comme un cadavre; il cessa de gesticuler, et jeta à la dérobée un regard vers la porte.

Alfred s'empara du tube, sans pourtant perdre

un instant de vue l'homme qui l'avait laissé tomber. A peine y eut-il jeté un coup d'œil qu'il tressaillit; il tenait entre ses mains la preuve qu'il cherchait. Le tube de bambou, ouvert à une de ses extrémités, était bien un de ceux dont se servent les charmeurs de serpents, et il avait exactement la longueur de la cobra qui gisait sur les dalles. De plus, il s'en exhalait encore cette odeur forte et repoussante particulière aux reptiles venimeux.

Alfred ne se trompait pas; c'était, en effet, le dobachy qui, la nuit précédente, avait appelé les charmeurs en imitant le chant du grillon et avait commis l'exécrable forfait.

Alfred saisit le criminel à la gorge, en le serrant de telle sorte qu'il ne pouvait songer à s'échapper.

« Qu'on arrête ce scélérat! s'écria-t-il; voilà l'assassin de ma malheureuse tante. »

Quoique le dobachy fût incapable de résister et de fuir, on se précipita sur lui, de toutes parts, avec un incroyable acharnement, on le garrotta, et un peloton de cipayes, le fusil au bras, vint s'emparer de sa personne.

Cette arrestation avait causé une agitation extraordinaire dans la chambre. John, fou de colère et de désespoir, voulait s'élancer sur le coupable pour l'étrangler de ses propres mains, tandis que Néridah, trépignant de douleur, s'écriait au milieu des dames qui s'étaient emparées d'elle :

« Oh ! le méchant ! C'est lui qui a tué maman chérie !... Dieu le punira. »

Malgré la netteté des preuves, malgré la confiance qu'inspirait Alfred, peut-être quelques-unes des personnes présentes n'étaient-elles pas encore bien convaincues de la culpabilité du dobachy ; mais se sentant perdu, comprenant que rien désormais ne pouvait le sauver, le misérable rejeta son masque d'hypocrisie et donna carrière au sombre fanatisme qui remplissait son âme. Il promena autour de lui des yeux étincelants :

« Eh bien ! oui, s'écria-t-il d'un ton de défi, je ne m'en cache plus ; c'est moi qui ai tué la chrétienne... Ah ! je savais bien que je réussirais ainsi à déchirer le cœur de cet exécrable Anglais, qui a profané les solitudes sacrées de notre malheureux pays, qui a outragé les dieux de la fange et de la putréfaction sous prétexte de culture et de progrès !... Puisse la malédiction de Brahma, de Vichnou, de Kali tomber sur lui et sur toute son odieuse race ! Puisse-t-il être lui-même un jour le bourreau de cette enfant qu'il

Qu'on arrête ce scélérat ! (Page 75.)

idolâtre et que la morsure d'un serpent sacré a privée de son appui.... »

On ne lui laissa pas le temps d'en dire davantage ; les cipayes l'entraînèrent, tandis que leur officier demandait au résident avec respect :

« Que dois-je en faire, Excellence ?

— Le crime est avéré, dit le résident ; pendez ce coquin au premier arbre que vous rencontrerez. »

La justice est expéditive dans l'Inde ; moins de dix minutes plus tard, le dobachy était pendu aux branches d'un gigantesque figuier.

Comme le crime, le châtiment avait été improvisé ; mais il fallait que l'exemple fût durable, et on laissa pendant de longues heures le cadavre du supplicié se balancer aux regards de la foule immense qui se pressait silencieuse autour du palais. Le vent qui l'agitait donnait à sa silhouette quelque chose d'ironique et de menaçant à la fois. On eût dit que sa bouche, contractée par un affreux rictus, continuait à vomir des imprécations.

John, dans l'état de prostration profonde où il se trouvait, ne pouvait s'occuper de ses hôtes et faire face aux nécessités présentes. Ce fut Alfred qui prit l'initiative des mesures exigées par un évènement si inattendu. Après avoir conduit son oncle et sa cousine dans leur appartement, où les gouvernantes de Néridah et quelques domestiques réellement fidèles furent chargés de leur donner des soins attentifs, il vint rejoindre le résident, avec lequel il s'entretint pendant quelques instants.

Alfred se rendait parfaitement compte de la nécessité de ne point changer le programme officiellement arrêté, et de faire procéder aux réjouissances ordonnées par le représentant de la reine, comme si aucun incident ne s'était produit. Il ne voulait sous aucun prétexte que les indigènes, hostiles à l'Angleterre, pussent avoir cette satisfaction haineuse pour se consoler du supplice du dobachy.

L'inauguration du chemin de fer se fit donc de la même manière que s'il n'était arrivé aucun malheur aux Nilghéries. Alfred, avec une présence d'esprit, une énergie, un tact admirables, veilla à tout, dirigea tout ; il satisfit à tous les devoirs qui lui étaient imposés avec une ponctualité dont les invités étaient stupéfaits et qui empêchait les plus timides de songer à déserter.

Enfin, débarrassé de ses nombreux soucis, il courut à l'appartement où se tenaient John et Néridah. Se jetant dans leurs bras, il dit d'une voix mourante :

« A présent mon oncle... ma chère petite... je peux pleurer librement avec vous *celle* que nous avons tant aimée ! »

Et il tomba brisé de fatigue et de douleur.

CHAPITRE V

Le retour.

Par les soins d'Alfred Hartley, car le malheureux John était incapable de donner aucun ordre, Suzanne fut enterrée avec des honneurs inusités et avec toutes les démonstrations de la douleur la plus grande.

Comme il était politique de consacrer le souvenir de ce crime et du châtiment, on éleva un somptueux monument à la mémoire de Suzanne. Encore aujourd'hui, les Anglais résidant dans l'Inde vont visiter pieusement ce tombeau, qu'on appelle le *tombeau de la chrétienne*, et on cite celle qu'il recouvre comme une touchante victime du fanatisme farouche qui entrave la civilisation dans cette partie de l'Orient.

Pendant plusieurs mois, John éprouva une prostration physique et morale qui pouvait faire craindre pour sa vie ou pour sa raison. Il ne s'occupait plus de la direction de cet immense établissement qu'il avait créé, et paraissait étranger à tout ce qui n'était pas sa douleur. Heureusement, il avait établi un ordre admirable sur la plantation, que des contre-maîtres habiles dirigeaient réellement ; la prospérité de la ferme des Nilghéries continua donc, en vertu de l'impulsion donnée, et Alfred, qui chaque semaine venait de la ville, suffisait pour la surveillance générale dont son oncle était devenu incapable.

Le pauvre John ne sortait presque plus, ne recevait plus personne. Il était maigre, pâle, taciturne. Il passait des journées entières avec Néridah dans une pièce de ce vaste palais, maintenant triste et solitaire ; il fallait de vives instances de la petite pour le décider à faire parfois un tour avec elle dans les jardins. Il n'avait pourtant aucune volonté ; son obstination n'était que de la force d'inertie. Seule Néridah, avec son despotisme d'enfant et avec une intelligence au-dessus de son âge, l'obligeait à prendre quelque souci de lui-même.

Par malheur, elle ne pouvait remplir le vide immense que l'oisiveté forcée créait à cette organisation si active. John, dans son lugubre isolement, se laissa aller à imiter quelques-uns de ses ouvriers chinois, et il fut tout surpris de voir que l'opium lui procurait l'oubli temporaire de ses maux. L'espèce d'ivresse que procure la dangereuse drogue adoucissait ses mortels regrets; dans les rêves bizarres qu'elle procure, il croyait revoir Suzanne belle et souriante, il entendait sa voix, il échangeait même avec elle de douces paroles. Mais ce n'est pas impunément qu'on a recours à de si terribles excitations. John n'était plus que l'ombre de lui-même. Chaque fois qu'il le revoyait, Alfred le trouvait plus livide, plus voûté, plus décharné.

Mais le corps n'était pas seul à souffrir, l'âme recevait continuellement de ces coups dont elle ne se relève jamais, son esprit s'obscurcissait visiblement; il perdait de plus en plus la notion de ce qui se passait autour de lui. Tous ceux qui l'approchaient reconnaissaient avec terreur

qu'il était menacé d'un véritable abrutisse-
ment.

Alfred, dans ses fréquentes visites aux Nilghéries, constatait ces terribles symptômes et en
était très alarmé, surtout dès qu'il fut à même
de se rendre compte de ce qui les produisait.
Un jour qu'il arrivait inopinément, il ne put
voir son oncle qui, enfermé dans son cabinet,
s'abandonnait à sa funeste manie. Il trouva la
pauvre Néridah inquiète, abattue, les yeux rouges. Il s'assit auprès d'elle et, lui prenant les
mains, dit d'un ton affectueux :

« Écoute-moi, chère petite cousine ; quoique tu
sois bien jeune, ta raison a déjà la précocité que
donne le malheur, et tu sauras me comprendre.
Quand ton père et ta mère quittèrent leur pays
natal pour venir ici, ce fut mon père qui dit au
tien : « Suzanne est en danger, il faut que vous
alliez chercher dans l'Inde un climat plus doux. »
Aujourd'hui, je viens te dire à mon tour : « Chère
enfant, si ton père ne quitte l'Inde au plus vite,
il est perdu ! »

Néridah fondit en larmes.

« Est-il possible, cousin Alfred ? A moi aussi,
mon père cause bien du chagrin... Que faut-il
que je fasse ?

— Ici il est en proie à une douleur qui le tue...

John contracta la funeste habitude de fumer de l'opium. (Page 85.)

Les consolations factices qu'il cherche dans l'usage de l'opium, achèvent de ruiner sa santé, et peut-être est-il trop tard déjà pour porter remède à cet état de choses. Le seul moyen d'arracher ton père au danger qui le menace, est de le décider à retourner en Angleterre avec toi. Il sera plus loin du théâtre de ces scènes mortelles dont le souvenir le poursuit si cruellement. C'est contre cet écrasant souvenir qu'il cherche à lutter en employant la drogue infâme qui endurcit son cœur, et stérilise sa raison. Les distractions du voyage, la vue des pays où il est né et dont il conserve la mémoire, les soins affectueux, à toi qui es pour lui comme un ange gardien, tout fortifiera sa pauvre âme blessée, et sans doute alors il renoncera à la funeste passion causée par l'excès de son désespoir... Dis, me comprends-tu bien, Néridah, et veux-tu m'aider à décider ton père au départ?

— Je te comprends, cousin Alfred, et je crois que tu as raison. Nous irons dans cette Angleterre dont il me parle souvent... quand il me parle. C'est un pays triste et froid, dont le soleil, m'a-t-on dit, ne ressemble guère à notre beau soleil.... On assure que son jour ressemble à notre nuit, et que sa nuit ressemble à l'enfer de Brahma.... Mais je me plairai partout où sera mon père.... De tous les pays, le plus beau pour moi sera celui qui lui rendra la raison et la santé. Si tu veux lui faire les ouvertures nécessaires, je lui répèterai tout ce que tu jugeras sage pour le décider à accomplir ce grand voyage dont il ne serait point convenable que je lui parlasse la première. Un avis utile en si grave matière ne peut guère sortir, sans exciter quelque défiance, de la bouche d'un enfant. »

En vertu de cet arrangement, Alfred profita de la première occasion pour conseiller à son oncle de quitter l'Inde, et Néridah, de son côté, déploya toute sa séduction naïve dans le même but. Le pauvre John n'avait plus assez de ressort pour résister à ces instances, à ces caresses; il était faible comme un enfant; d'ailleurs, un reste de bon sens lui disait que ce parti était plein de prudence, s'il voulait se conserver pour sa fille. Il consentit donc à tout, et Alfred se mit à l'œuvre afin de réaliser dans des conditions favorables, un plan qui devait exercer une étonnante influence sur le sort du père et de l'orpheline.

Comme la plantation des Nilghéries se maintenait en pleine prospérité et donnait des bénéfices

énormes, on trouva facilement un successeur à
John pour diriger l'exploitation, et ce successeur
fut agréé par la compagnie. John Hartley n'en
conserva pas moins sa part dans l'entreprise, et
cette part était si considérable, qu'il demeura
possesseur d'une fortune princière, à l'abri de
toutes les éventualités.

Si détaché qu'il fût de ses intérêts, John avait
encore trop du vieil homme pour ne pas s'occuper un peu de ces négociations, et il en résulta
une distraction à sa douleur. Mille soins divers
réclamaient son attention; il était dans l'obliga-
tion de voir beaucoup de monde, et la solitude
lui devenait impossible. Il renonça donc insensiblement à l'habitude de fumer de l'opium; mais
l'horrible narcotique avait produit dans son organisation de cruels ravages. Son teint était encore
plombé, son œil éteint; un tremblement nerveux
secouait ses membres par moments, et son intelligence troublée lui donnait un goût fâcheux
pour les choses extraordinaires, mystérieuses et
surnaturelles.

Grâce à l'activité d'Alfred, les difficultés furent
promptement aplanies, et quelques semaines
plus tard le père et la fille s'embarquaient à
Bombay.

Ce ne fut pas sans un cruel déchirement de

cœur que John quitta cette magnifique habitation des Nilghéries, où il avait été si heureux et où il avait tant souffert. La pensée de sa fille, sa principale préoccupation maintenant, put seule soutenir son courage dans cette épreuve.

Insensiblement il s'était intéressé aux superstitions des Hindous. Le peu d'activité intellectuelle qu'il avait conservé encore, il l'employait à expliquer par le spiritisme les tours d'escamotage à l'aide desquels les indigènes prennent plaisir à lutter contre le scepticisme de leurs vainqueurs [1].

Néridah, de son côté, ne s'éloigna pas sans une douloureuse émotion du tombeau de Suzanne, où elle faisait chaque jour un pieux pèlerinage, et de son cousin Alfred Hartley, dont elle avait tant éprouvé l'affection et le dévouement. Mais la santé, la vie même de son père, dépendait de ce voyage, et elle s'efforça de cacher ses regrets. D'ailleurs Nana et Tata, ses deux nourrices ou *aïas*, qui avaient pour elle des soins de mère, devaient l'accompagner dans ce pays nouveau et inconnu qu'elle allait habiter désormais, et elle n'osait faire entendre aucune plainte.

---

1. Voyez la note à la fin du volume.

Ses adieux à son cousin furent touchants. Tous les deux pleuraient. Alfred dit à Néridah :

« Chère petite, quand nous reverrons-nous? Dieu seul le sait... Je suis attaché par mon devoir à cette contrée lointaine, et cependant quelque chose m'avertit que, dans un avenir qui n'est peut-être pas très éloigné, mes services te seront encore nécessaires... Dans ce cas, adresse-toi à mon père, le docteur Hartley, que tu vas trouver là-bas en Angleterre; il te connaît par les lettres que je lui écris et il t'aime déjà. Si, par impossible, ton père te faisait défaut, mets ta confiance dans ton oncle ; c'est un homme ferme, intelligent et bon, qui aura pour toi toute l'amitié qu'il avait pour ta mère. »

Néridah lui promit avec attendrissement de suivre ses conseils, et les voyageurs se rendirent à bord du navire qui devait les transporter en Europe.

Le voyage fut assez long. Au lieu d'aller directement en Angleterre, le père et la fille s'arrêtèrent à Suez pour visiter l'Égypte. Quoique John fût étranger à l'histoire ancienne et peu sensible aux impressions du pittoresque, la vue du Nil majestueux, des imposantes Pyramides, de ces ruines colossales qui rappellent le souvenir des vieux Pharaons, produisirent leur effet habituel.

Pendant toute la traversée il n'avait pas eu une seule fois l'occasion de se livrer à son passe-temps favori, et la force de sa constitution reprenant le dessus, les traces de ses excès d'opium s'effaçaient avec une merveilleuse rapidité.

Aussi lorsque, à la suite de ces salutaires pérégrinations, il débarqua enfin en Angleterre, le père de Néridah, sauf une légère mélancolie qui devait être ineffaçable, semblait à peu près rentré dans les conditions ordinaires de la vie.

Cependant il lui arrivait bien des fois de songer aux chimères spirites dont il commençait à se préoccuper. De temps en temps aussi, le souvenir de la malédiction du dobachy troublait sa quiétude naissante; mais il se rassurait en embrassant sa fille, et il se disait que, malgré toutes les malédictions du monde, il ne pouvait avoir à redouter de faire un jour le malheur d'un être aussi intelligent, aussi pur, aussi charmant.

A Londres, John trouva le docteur qui, prévenu par un télégramme, était venu au-devant de lui. Les deux frères se témoignèrent beaucoup de cordialité, et John présenta sa fille à Henry, qui savait par cœur toutes les lettres d'Alfred, et qui ressentit pour elle la sympathie, l'admiration, la tendresse dont la douce

enfant était si digne. Quant à Néridah, elle fut
d'abord un peu intimidée par la brusquerie apparente du docteur, mais elle ne tarda pas à
apprécier ce qu'il y avait, sous cet aspect bourru,
de qualités solides, et bientôt elle aima son oncle
Henry presque autant qu'elle aimait son cousin
Alfred.

John n'avait fait encore aucun plan pour
l'avenir ; lorsque le docteur lui dit par hasard :

« Ton ancienne ferme du Rutlandshire est à
vendre.

— Je l'achète, s'écria John avec empressement ;
que Dieu soit loué ! Là-bas tout me parlera encore de ma chère Suzanne. »

Quelques jours plus tard, ce projet était réa-
lisé, quoique les possesseurs de la ferme abu-
sassent du désir que montrait John d'en rede-
venir le maître, et en demandassent un prix
exagéré ; mais John Hartley passait avec raison
pour un des plus riches particuliers d'un pays où
les fortunes colossales des simples négociants
sont pour le moins aussi fréquentes que celles
de l'aristocratie, et on ne le connaissait maintenant que sous le nom du « Nabab ». Aucune
considération d'argent n'était donc capable de
l'arrêter, et les lieux qu'il avait quittés pour
prolonger la vie de sa chère Suzanne devinrent

bientôt sa propriété. Il sacrifia sans hésiter quelques milliers de livres sterling pour devenir le maître incommutable de ces champs dont la vue lui rappelait un passé de bonheur, hélas! bien loin de lui.

Sa terre du Rutland n'étant pour lui qu'une sorte de pied-à-terre, ou plus exactement un lieu de pieux pèlerinage, il se décida à former à la ville sa principale demeure. Il acheta à Londres un grand et magnifique hôtel, situé près de Regents-Park, en vue du jardin zoologique, il le fit meubler avec la somptuosité qui convenait à sa fortune, et s'y installa avec sa fille.

C'était un vaste édifice, dont la forme et les proportions n'étaient pas sans quelque analogie avec celles des habitations européennes de l'Hindostan; l'architecte avait fait évidemment des efforts pour choisir une exposition favorable, et y admettre toute la quantité de lumière que peut donner un soleil anglais. Mais, quelque habilement prises que fussent ces précautions, elles ne pouvaient guère atténuer les conséquences d'un climat si déplorablement brumeux.

Néridah était bien dépaysée dans ce monde nouveau, sous ce climat gris et froid perdu dans le brouillard et la fumée. Néanmoins elle s'habituait à considérer comme sa patrie le lieu où se trouvaient ses affections. N'était-elle pas avec son père, à qui ses soins et sa tendresse ne cessaient d'être indispensables? N'avait-elle pas toujours auprès d'elle ses fidèles gouvernantes, Nana et Tata, timides créatures, qui souffraient bien davantage de ce changement d'existence, et qui osaient à peine se montrer dans les rues de Londres avec leur costume étrange et leur figure bistrée? Alerte et gaie, elle souriait à tous, elle s'efforçait d'oublier ses belles et poétiques montagnes que couronnent les thuyas et les cèdres. Elle chassait de sa pensée les gais cotonniers au feuillage gracieux, que des femmes et des enfants débarrassaient de leur léger duvet. En dépit de l'ébène de sa chevelure, qui avait l'air d'un caprice de la nature et dont personne ne soupçonnait l'origine artificielle, ses yeux bleus et son teint rose lui donnaient l'aspect d'une véritable fille d'Albion qui n'aurait jamais perdu de vue les arbres de Regents-Park. Cette bizarrerie détruisait l'harmonie de couleurs qui fait un des principaux charmes des beautés classiques d'outre-Manche, et Néridah avait un trop bon miroir pour ne pas s'en rendre compte; mais elle tenait, innocent et touchant caprice! à rester telle que sa pauvre mère l'avait aimée.

John eût beaucoup désiré que son frère, le

I — 7

docteur Henry, vînt vivre avec lui et consentît à partager son immense fortune. Mais le docteur, comme nous le savons, était d'un caractère fort indépendant; il ne se souciait d'aliéner en rien sa liberté. D'ailleurs, il avait autour de lui un grand nombre de clients pauvres, dont il était le bienfaiteur autant que le médecin, et qu'il ne voulait point abandonner. Il se plaisait dans l'atmosphère épaisse et laborieuse des quartiers populaires, où il y a tant de bien à semer autour de soi, et il n'était point à son aise dans le somptueux West End.

Il s'était imaginé que Néridah, malgré son extrême jeunesse, avait assez de raison précoce pour donner à son frère l'aide et l'appui moral dont un esprit aussi profondément ébranlé ne pouvait se passer.

Si le nabab eût été encore lancé dans le courant des affaires, le docteur ne se serait pas trompé.

Mais le défaut d'occupations sérieuses produisait dans la vie de l'ancien planteur un vide effrayant.

Absorbé par ses travaux et ses malades, Henry ne pouvait suivre les progrès de cette désorganisation que le défaut d'occupation sérieuse produisait dans l'esprit de son frère.

John n'avait pas assez de philosophie pour comprendre que *fortune oblige*, et qu'il ne pouvait, sans s'exposer à devenir la proie de tristes intrigants, rester indifférent au mouvement social et industriel de son pays.

L'amour de la science, de Dieu, ou de l'humanité, voilà la source féconde à laquelle les âmes aimantes doivent se désaltérer pour oublier leurs maux.

Habitué aux recherches positives et à l'exercice constant de sa raison, le docteur ne pouvait non plus se rendre compte de la curiosité maladive avec laquelle le *nabab* accueillait toutes les histoires extraordinaires, flattant son appétit désordonné pour le merveilleux. En effet, sans que son frère lui eût fait la moindre confidence de nature à exciter son attention, un sens nouveau s'était éveillé dans l'imagination de John.

Dégoûté de la réalité, qui n'avait plus pour lui aucun charme réel, le *nabab* était une proie facile, appartenant d'avance au premier charlatan qui voudrait s'en emparer.

Tel était l'état des choses, quand des circonstances assez ordinaires en apparence vinrent de nouveau ébranler une raison que tant de causes différentes contribuaient à troubler.

Il suffit souvent d'évènements insignifiants pour déterminer les conséquences les plus

graves, dans la vie des individus aussi bien que
dans celle des peuples. Mais, quand on y regarde
de près, on voit que chacun avait en lui la cause
des catastrophes qui troublent son existence, et
était préparé d'avance à recevoir les coups dont
il souffre le plus cruellement. Le destin n'est
jamais seul, et dans tous les évènements qui
nous touchent, nous coopérons plus ou moins
directement avec lui.

CHAPITRE VI

La montre de Suzanne.

Si somptueux que fût leur hôtel à Londres, le
père et la fille se plaisaient bien davantage dans
la paisible ferme du Rutlandshire. Néridah surtout y trouvait plus de calme, plus d'intimité
avec ceux qu'elle aimait ; et une certaine année,
John, pour lui être agréable, décida qu'on irait y
passer les fêtes de Noël, avec son frère Henry
qu'il avait invité. Il se rendit donc, accompagné
de Néridah et des gouvernantes, à la gare

d'Euston-Road, où il devait prendre la voie ferrée.

Les stations des chemins de fer à Londres, surtout aux approches des grandes fêtes, sont le rendez-vous d'une multitude de bohémiens, de mendiants et de filous. Celle d'Euston-Road se prête particulièrement aux coups de main des pick-pockets, car ses salles d'attente sont sans cesse l'objet de remaniements et de réparations qui les encombrent de planches et de matériaux.

John, après avoir renvoyé sa voiture, prenait ses billets au ticket-office, lorsque Néridah, restée en arrière avec ses gouvernantes, crut remarquer quelque chose d'extraordinaire dans les allures de deux personnes qui venaient de stationner pendant une demi-minute à ses côtés.

« Cher papa, lui dit-elle avec vivacité, regarde donc ce grand monsieur qui s'éloigne si vite... et puis cette grosse dame, qui avait l'air d'être avec lui, et qui se sauve là-bas ! »

Mais, avant que John eût eu le temps de retourner la tête, les deux individus suspects avaient disparu.

John n'accorda pas beaucoup d'attention à cet incident; il s'en occupa d'autant moins que la cloche du départ sonnait, et qu'il n'y avait plus de temps à perdre si l'on ne voulait manquer le train.

Les voyageurs pour Oakham descendent pendant quelques minutes à Rugby, grande station où leurs wagons quittent la ligne de Birmingham et prennent un embranchement.

A peine eut-on mis pied à terre, que Néridah jeta les yeux sur le gilet de John :

« Cher papa, lui-dit-elle, comment n'as-tu pas aujourd'hui la montre et la chaîne que tu portes d'habitude ?

— Mais je les ai, mon enfant, » répliqua John en posant la main sur son gousset.

Le gousset était vide. John fit un bond de colère.

« C'est affreux ! s'écria-t-il, j'ai été volé. Un pick-pocket m'a enlevé une montre qui me venait de ma bien-aimée Suzanne, et à laquelle j'attachais un prix infini. »

Le train qui allait dans la direction d'Oakham s'était formé pendant cette petite scène.

« En voiture !... en voiture ! s'écria le garde-frein.

— Je ne peux partir ainsi, s'écria John exaspéré ; on vient de me voler un bijou d'une grande valeur.

— Quelle infamie ! s'écria un homme de haute

taille, à mine peu avenante, qui était arrivé de
Londres en même temps que John et qui semblait observer tous ses mouvements ; il faut s'a-
dresser au chef de gare. »

Le chef de gare, qui connaissait très-bien « le
nabab », accourut aussitôt.

« Qu'y a-t-il, monsieur John Hartley ? demanda-t-il.

— Ce gentleman a été volé, dit avec indignation l'officieux personnage.

— Mais cela ne doit pas empêcher le train de
partir, » crièrent en chœur les voyageurs impa-
tientés.

Néridah voulut entraîner son père dans le
wagon.

« Non, non, répliqua John bouleversé ; con-
tinue le voyage avec tes nourrices, mon enfant,
je te rejoindrai bientôt... Quant à moi, je vais
prendre le train qui retourne à Londres ; il faut,
à tout prix, que je retrouve la montre de
Suzanne. »

Néridah essaya d'élever quelques objections ;
elle n'en eut pas le temps, le train partait. John
la poussa dans la voiture, et il s'accrocha à la
portière, pour lui adresser quelques rapides consolations.

La pauvre petite était désolée de se séparer

aussi brusquement de son père et de le laisser en compagnie d'une personne dont l'air ne lui plaisait pas.

« Je ne sais pourquoi, disait-elle en tamoul à Nana et à Tata, je m'imagine que cet homme est le même qui tout à l'heure s'est enfui du ticket-office de Londres. »

John était resté sur le marchepied une seconde de plus qu'il n'eût fallu. Quand il vit le train en marche, il se rejeta en arrière, mais si malencontreusement qu'il tomba de la plate-forme et roula sur les rails.

Il était perdu, car un train arrivait à grande vitesse, si une main robuste ne l'eût relevé aussitôt et remis sur ses pieds. Il se retourna pour remercier son sauveur. Ce sauveur était encore l'inconnu qui prenait tant d'intérêt à ses affaires, et l'avait si chaleureusement défendu.

Cet homme avait la barbe et les cheveux d'une couleur louche, entre le châtain clair et le blond foncé. Nul n'eût pu dire si ses yeux étaient bleus, verts ou gris, tant il avait hâte de les détourner quand on l'examinait attentivement. Son front était bas, ses pommettes étaient saillantes, et ses sourcils épais jetaient une ombre sur ses regards obliques. L'ensemble de sa physionomie exprimait la finesse et la ruse.

Ses mains énormes, même en tenant compte de l'élévation de sa stature, étaient musculeuses, ramassées, et ses jarrets devaient être de fer. Quant à sa mise, elle paraissait assez soignée : il était peigné, brossé, tiré à quatre épingles ; mais sa redingote était trop longue, son pantalon était trop court, son gilet de velours remontait trop haut, le col de sa chemise semblait destiné à couper ses oreilles, sa cravate était usée. En un mot, on eût juré que sa garde-robe avait été composée d'objets décrochés au hasard de l'étalage d'un fripier.

Plein de reconnaissance pour le service que l'inconnu venait de lui rendre, John ne remarqua pas tous ces détails, qui auraient pu le mettre en défiance contre son nouvel ami.

« Mille remerciements, monsieur, dit-il en lui serrant la main, et puisque vous paraissez aller aussi à Londres, nous ferons route ensemble. »

L'inconnu accepta avec empressement, et bientôt sauveteur et sauvelé s'installèrent côte à côte dans un wagon de première classe qui retournait à la ville.

Il y avait dans ce compartiment plusieurs personnes qui connaissaient déjà la mésaventure de John, et la conversation ne tarda pas à s'établir sur les vols de toute espèce auxquels les voya-

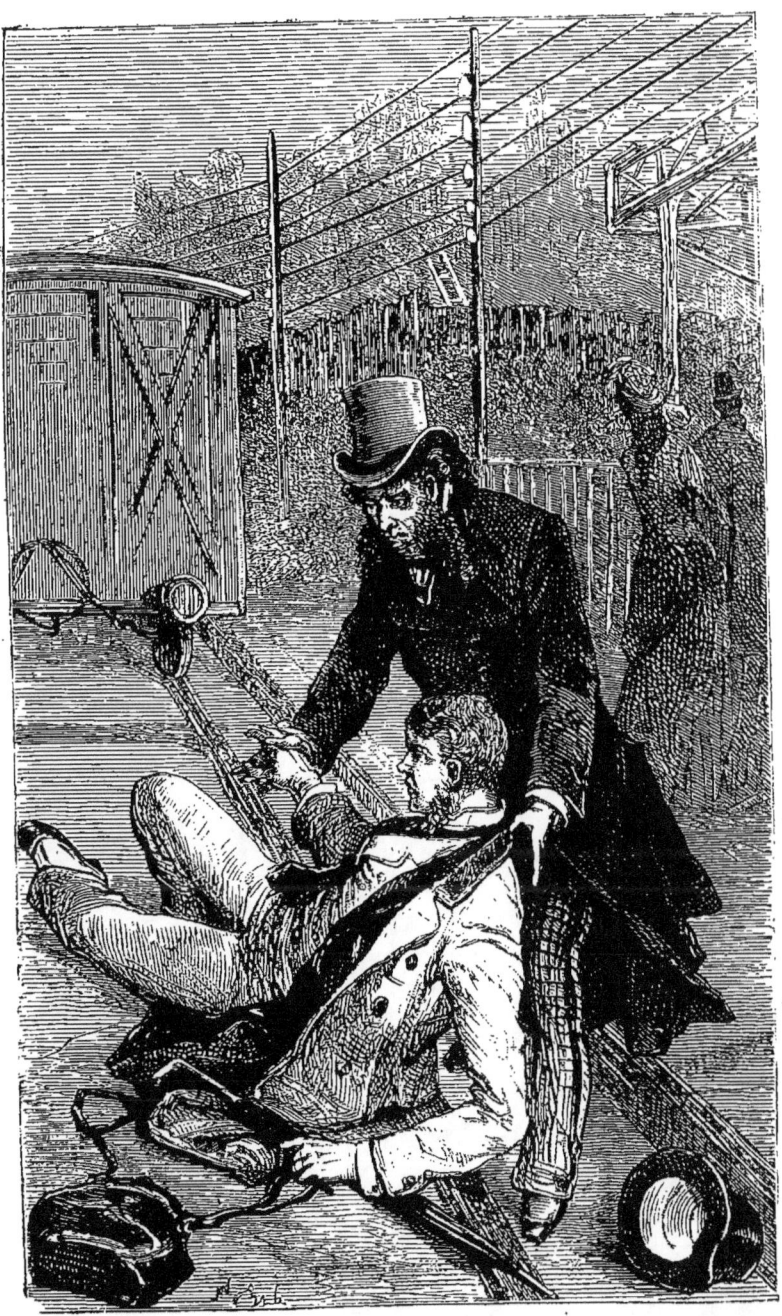

Il tomba de la plate-forme et roula sur les rails. (Page 1.5.)

geurs sont exposés dans les chemins de fer.
Chacun prenait plaisir à raconter quelque trait
nouveau des filous qui exploitent le public. Sur
ce sujet, le sauveur du nabab semblait intaris-
sable, et on eût dit que l'art des pick-pockets
n'avait pas de secrets pour lui.

Cette conversation intéressait vivement John;
et, comme l'inconnu affirmait que la chaîne de
la montre avait dû être coupée sans que le pro-
priétaire s'en aperçût, il s'écria :

« Mais la chose me semble impossible... Comment cela se ferait-il?

— C'est l'*a b c* du métier, monsieur, répondit
l'inconnu. Votre chaîne a été sans doute sciée
avec un ressort que le pick-pocket porte fixé au
dedans d'une bague généralement pourvue d'un
brillant de quelque valeur. Il suffit d'un coup de
pouce donné sur le brillant pour faire tourner la
bague, de sorte qu'une lame qu'elle porte intérieurement, vient à l'extérieur. La lame dont il
s'agit a un fil admirable, et le pick-pocket la
manie avec une étonnante habileté. Rien ne
résiste à ce tranchant merveilleux : la toile, le
drap, la soie, non plus que les métaux.... Les
chaînes d'or surtout se tranchent en un clin
d'œil.

— Fort bien, reprit John ; mais, au moment du
vol, on peut soupçonner quelque chose, le pick-

pocket peut être arrêté, et, si on le trouve nanti de l'objet suspect... »

L'inconnu sourit de nouveau.

« Monsieur Hartley, reprit-il (car il savait maintenant le nom de son interlocuteur), vous ignorez, je le vois, qu'un pick-pocket qui se respecte ne conserve jamais l'objet volé. Aussitôt que le coup est fait, un *raton*, affreux petit drôle dressé à ce manège, se glisse entre les jambes des assistants, reçoit des mains du voleur le bijou dérobé, et va tout d'une haleine le porter chez le recéleur, qui est le bourreau des montres et des chaînes.

— Mais s'il en est ainsi, dit John avec chagrin, je ne retrouverai jamais ma montre?

— Cela est fort à craindre, monsieur Hartley, je ne dois pas vous le cacher... Sans doute vous avez été guetté par ces pick-pockets ; ils sont si madrés !

« J'avoue que je m'étonne comment tant de gens, qui souvent ne sont pas très malins ni très méfiants, arrivent à leur échapper. »

Se voyant devenu l'objet de l'attention générale, l'inconnu continua en élevant la voix :

« Les roulottiers, dans les gares, cherchent à s'emparer des bagages du voyageur. A-t-il une minute de distraction, une sorte d'araignée humaine sort de l'ombre de quelque pilier, et se

saisit du colis avec une rapidité inconcevable.
Quand la foule s'accumule autour des guichets,
méfiez-vous du mendiant en guenilles qui vient
vous demander un *coupper*, du gamin sordide
qui vous a vendu l'*Echo*, de la femme élégante à
laquelle vous venez de céder le pas, et du gentleman, mis à la dernière mode, qui vous a laissé
passer...

« Pour en revenir à votre montre, vous trem-
bleriez sur elle, monsieur Hartley, si vous saviez
ce qui a lieu chez les recéleurs, et vous verriez
bien que je ne vous induisais pas en erreur en
vous disant qu'ils étaient les bourreaux des bijoux...

— Qu'en font-ils donc? demandèrent plusieurs des assistants, qui éprouvaient le besoin
d'intervenir activement dans une si intéressante
conversation.

— Ils tiennent toujours, dans leur arrière-bou-
tique, un creuset chauffé au rouge blanc pour
fondre des lingots. La police peut venir tant
qu'elle voudra; pourvu que le « raton » ait cinq
minutes d'avance, le corps du délit aura changé
de forme et n'existera plus. »

Ces explications désespéraient John; fallait-il
donc renoncer à l'espoir de retrouver la montre
de Suzanne? Cette idée désagréable lui occasion-

naît un dépit inexprimable et ses traits se con-
tractèrent.

Chacun s'aperçut alors de l'intérêt énorme que
le nabab attachait à la conservation de son bijou ; et si l'attention générale n'eût été absorbée
par son désespoir, on aurait pu voir un sourire
de satisfaction errer sur les lèvres de l'inconnu.

La conversation reprit plus animée, roulant
exclusivement sur les moyens pratiques de retrouver la montre.

Un des interlocuteurs proposa un moyen, fort
usité en Angleterre, consistant à annoncer dans
les journaux qu'on donnera une bonne récompense à toute personne qui rapportera l'objet
disparu.

Une discussion en règle s'éleva sur ce point.
Plusieurs personnes trouvaient le moyen im-
moral : car c'était donner une prime à la mauvaise foi et à l'improbité. L'inconnu fut de cet
avis, et défendit son opinion avec le calme et
la modération qui conviennent à un homme du
monde. Il s'exprima même avec une sorte d'élégance et de distinction, dont, à juger par l'extrême vulgarité de sa mise et de ses manières,
il ne paraissait pas susceptible.

Comme l'entretien revenait sur la possibilité
de retrouver la montre, le gentleman inconnu

attacha tout à coup sur John son regard mobile, qui prit une fixité singulière.

« Pourquoi, monsieur Hartley, lui dit-il, ne consulteriez-vous pas une somnambule? »

John tressaillit, car ce mot lancé pour ainsi dire au hasard, et d'une manière tout à fait indifférente en apparence, réveillait un des échos les plus secrets de sa pensée. Vingt fois, cent fois il avait été sur le point d'interroger son frère au sujet du magnétisme; mais la crainte de ses sarcasmes, car le docteur avait l'esprit railleur, l'avait retenu.

« Croyez-vous donc au somnambulisme, monsieur? dit-il en dissimulant autant que possible l'indicible émotion qui s'était soudainement emparée de son esprit.

— Je crois au somnambulisme, monsieur Hartley, répliqua l'inconnu avec une gravité solennelle; j'y crois d'autant plus que je suis médium et que j'ai eu de fréquents commerces avec les Esprits... J'affirme qu'il est des somnambules qui, non seulement pourraient vous indiquer ce qu'est devenu le bijou auquel vous attachez tant de prix, mais encore vous apprendre sur votre passé, sur votre présent, sur votre avenir, des choses de la plus haute importance! »

John éprouva une vive émotion.

Il se trouvait pour la première fois en face
d'un adepte de ces doctrines mystérieuses, et
la qualité de « médium », que prenait son
compagnon de voyage, le pénétrait de respect.
Depuis le jour où ces chimères avaient commencé à surgir au milieu des fumées de son
opium, comme nous l'avons dit, son plus grand
désir était d'être initié aux prestiges du soi-
disant monde des Esprits, et il ne doutait pas
que l'inconnu ne dût être le guide dont il avait
besoin.

N'étaient-ce pas les Esprits eux-mêmes qui
mettaient sur son chemin l'homme qui, après lui
avoir sauvé la vie, allait lui ouvrir des horizons
sans bornes?

A peine osait-il jeter à la dérobée un regard
sur le personnage qui avait pris subitement l'air
mystérieux, convenant à un intermédiaire entre
l'homme et l'éternité, et qui paraissait peu disposé à encourager les communications.

En effet, le « médium », puisque tel était le
titre que se donnait le voyageur, parut s'offenser
de la curiosité que lui témoignaient, ainsi que
John, les autres personnes présentes. Il regretta
sans doute d'avoir tant parlé; tirant un journal
de sa poche, il se renfonça dans son coin.

Le nabab attendit une occasion favorable pour

reprendre une conversation à laquelle il attachait maintenant beaucoup de prix. Il voulait au moins demander le nom et l'adresse du gentleman qui lui avait rendu service, et il demeurait sourd au verbiage des autres voyageurs.

Malheureusement le médium, absorbé dans sa lecture, ne détournait plus les yeux de son journal. Il n'était pas difficile de comprendre qu'il voulait à tout prix éviter de nouvelles explications.

John, qui de son naturel était fort timide et n'avait guère l'usage du monde, était en train de tirer mille plans bizarres pour forcer son sauveur à parler, quand le train entra dans la gare d'Euston-Road.

Aussitôt tous les voyageurs se levèrent pour sortir rapidement du wagon; plus leste que les autres, le médium rejeta son journal presque sur les genoux de John, posa la main sur le bouton de la portière et tira le verrou qui la ferme en dehors. Puis, sans même attendre l'arrêt complet du train, il sauta sur le quai, avec une aisance qui témoignait d'une grande habitude dans ce genre d'exercice.

Ébahi en voyant son homme détaler si prestement, le nabab resta un instant immobile, et, par conséquent, il fut bousculé et rejeté en arrière par ses compagnons de voyage, dont plusieurs parvinrent à passer avant lui.

Il allait descendre à son tour, quand il aperçut le journal que le médium avait abandonné. Il s'en empara avec l'espoir d'y trouver quelque indication au sujet de l'étrange personnage qui l'avait si vivement impressionné, mais qui était bien perdu pour lui; car, hélas! il était évidemment trop tard pour chercher à rattraper l'inconnu.

Sans attendre d'être sorti de la gare, il s'approcha d'un bec de gaz dans l'intention d'explorer, sans perte de temps, le journal resté entre ses mains.

Soit par hasard, soit à dessein, le papier était plié de telle sorte que son regard tomba d'abord sur une annonce, tout fraîchement encadrée d'un trait au crayon rouge, et qui était ainsi conçue :

CLAIRVOYANCE.

MADAME JELLOUS

Spécialité pour retrouver les objets perdus.

Discrétion. — Indices sûrs.

32, Nelson-Square, 32

BLACKFRIARS.

En lisant cet avis, John ne put retenir un cri de joie, et sauta comme un fou dans un cab, après avoir donné d'un ton fébrile une adresse au cocher.

Dès que la voiture fut sortie de la gare, et que les grandes roues eurent commencé à rouler sur le macadam, le nabab reprit un peu de sang-froid.

« Ah! le médium a deviné mon désir! murmura-t-il; cela n'est pas étonnant, car il a sans doute le pouvoir de lire dans les âmes[1]!... Oui, c'est pour moi qu'il a laissé ce journal, qu'il a fait ces marques au crayon rouge... C'est de cette dame Jellous qu'il a voulu me parler, et dans quelques minutes je serai devant elle. Je la consulterai sur la disparition de ma montre; et puis... qui sait? peut-être par l'intermédiaire de cette femme me sera-t-il permis de pénétrer dans le monde des Esprits, dans ce monde merveilleux où l'on a trouvé moyen de supprimer la mort. Quelque chose me dit que mes rêves les plus invraisemblables seront realisés et que je serai mis en rapport avec Suzanne... ma chère Suzanne! »

Pendant que ces pensées et d'autres analogues se pressaient dans son esprit, ses yeux erraient sur les colonnes du *Day-Break*, remplies par le

---

1. Voyez la note à la fin du volume.

récit d'aventures aussi extraordinaires que celles
dont il désirait être le héros, autorisant des espé=
rances aussi extravagantes, plus téméraires peut-
être, mais aussi dépourvues de sens commun
que les siennes.

CHAPITRE VII

La consultation.

Le quartier de Nelson-square est presque
exclusivement habité par des gens d'affaires de
la Cité et de petits commerçants en retraite.

Dans le coin le plus éloigné du grand boulevard
qui y conduit, s'élevait une construction à trois
étages, comme les habitations voisines, mais dont
la façade était plus architecturale. Une couche de
peinture à l'huile la recouvrait, et les ferrures

qui régnaient le long du trottoir étaient d'un beau noir de suie.

L'arrivée du « Hansome », se précipitant comme un ouragan, fit soulever une foule de rideaux dans le voisinage, car la curiosité des gens du quartier était vivement attirée vers cette maison sur la porte de laquelle une plaque d'argent, semée d'étoiles d'or, portait ce nom, en lettres rouges : MADAME JELLOUS.

John mit un demi-souverain dans la main du cocher et retint le bras de cet homme qui, selon l'usage, allait faire ronfler bruyamment le marteau de Mme Jellous pour annoncer l'arrivée d'un visiteur d'importance. Lui-même, l'esprit encore troublé par toutes les fables dont il venait de lire le récit, saisit le pied de biche et le laissa modestement retomber trois petites fois, séparées les unes des autres par de longs intervalles. Avant qu'il eût fini de frapper, le cab était déjà loin.

Les deux premiers coups ne furent suivis d'aucun effet. Au troisième on entendit, dans l'intérieur de la maison, un son pareil à celui que produiraient à la fois un gong chinois et une grosse caisse[1].

---

1. Voyez la note à la fin du volume.

En même temps, la porte s'ouvrit avec rapidité, comme si un ressort puissant s'était soudainement mis en action.

Sur le seuil apparut une femme déjà mûre, vêtue de noir, et d'un aspect austère tout à fait en rapport avec ce singulier logis.

« Entrez, monsieur, dit-elle gravement; Mme Jellous vous attend.

— Mme Jellous m'attend! répéta John; comment peut-elle savoir... »

Mais voyant qu'on le regardait d'un air sévère et sans prêter la moindre attention à ce qu'il disait, il se contenta d'obéir au signe qu'on lui avait fait d'avancer.

A peine eut-il marché quelques pas que la porte se referma à grand bruit. Au même instant, la femme qui venait de l'introduire s'évanouit comme une fumée. John demeura plongé soudainement dans d'épaisses ténèbres, sans savoir de quel côté se diriger.

Le nabab aurait pu légitimement croire qu'il était tombé dans quelque guet-apens, et se mettre sur la défensive.

Mais, malgré l'émotion bien naturelle qu'il éprouvait, il ne songea qu'aux merveilles qu'il s'attendait à rencontrer, après une introduction si peu ordinaire.

Du reste, son anxiété ne fut pas de longue durée. Bientôt il aperçut en face de lui un point lumineux, très brillant, et d'un diamètre incroyablement petit; sa surface ne dépassait pas celle d'une tête d'épingle.

Ce point devint une sorte d'étoile, qui grandit rapidement, comme si elle s'approchait du visiteur avec vitesse et allait se précipiter sur lui. Quand elle eut environ les dimensions d'un œuf de poule, il en jaillit des gerbes de flammes, qui tourbillonnaient avec régularité et finirent par se transformer en boules de proportions égales, mais dont chacune était de couleur différente. Entre ces boules, des serpents de feu s'agitaient avec une violence dont les contorsions des anguillules du vinaigre, examinées au microscope, ne donneraient qu'une faible idée[1].

Pendant que John était occupé de ces manifestations inexplicables, une lumière éblouissante brilla tout à coup et laissa voir, à quelques pas de lui, une femme de grande taille, un peu replète, et tout habillée de blanc. Ses cheveux, châtain clair, roulés en grosses nattes, tombaient sur ses épaules, avec une sorte de grâce vulgaire. Ses yeux étaient grands et ne manquaient,

---

1. Voyez la note à la fin du volume.

bas d'éclat, mais ils n'avaient ni franchise ni
douceur. Somme toute, bien que cette femme fût
assez belle, sa physionomie, pas plus que celle
de l'inconnu du wagon, ne pouvait inspirer la
confiance et la sympathie. Néanmoins, en ce moment, la lumière presque surnaturelle qui l'enve-
loppait lui formait comme une auréole, et John
était disposé à la considérer comme une créature
d'un ordre supérieur. Cette femme mystérieuse
s'approcha de John :

« Veuillez excuser, lui dit-elle d'un ton mielleux et avec un sourire étudié, la folie de ma
servante Mary, qui s'est amusée à vous montrer
des manifestations dont vous n'avez que faire...
Car vous venez me consulter pour une chose qui
ne souffre point de retard et je vous attendais.

— Quoi ! madame, balbutia John, vous saviez
déjà que j'allais venir ? et moi, il y a une demi-
heure, je l'ignorais encore [1] !

— Je le savais fort bien, peut-être même avant
que vous eussiez formé ce dessein, monsieur John
Hartley.

— Quoi ! vous connaissiez aussi mon nom ! »
Mme Jellous sourit de nouveau.

« Ayez la bonté de me suivre, reprit-elle;

1. Voyez la note à la fin du volume.

nous avons à passer par un corridor obscur, et
je vais vous montrer le chemin. »

La lumière éblouissante s'était éteinte, en effet,
et le nabab s'aperçut alors que la devineresse
avait, sur les deux tempes, de grosses perles de
verre qui projetaient une lueur fantastique d'un
bleu pâle. Cette clarté était suffisante pour montrer un couloir épais et sinueux dans lequel
elle s'engagea.

Quoique sa résolution fût prise à l'avance de
ne reculer devant aucune des exigences qu'il
devait considérer comme autant d'épreuves nécessaires, John montra une certaine hésitation.

Mme Jellous s'en aperçut immédiatement.

Sans renoncer à l'éternel sourire qui semblait
stéréotypé sur ses lèvres, elle prit gracieusement John par la main.

« N'ayez aucune appréhension, dit-elle ; l'Esprit
qui fait étinceler les bijoux que je porte n'est
point un sylphe trompeur, mais un génie qui
vous aime, et réalisera les vœux que votre cœur
a formés...

« Que craignez-vous donc, ajouta-t-elle ; venez. »

Bientôt elle l'introduisit dans une vaste salle,
où l'on avait entassé une foule d'objets de forme
étrange. Une roue horizontale, mobile autour

d'un axe vertical, était placée comme par hasard près de la porte d'entrée, et reposait sur un guéridon massif en bois de palissandre. Cette roue tournait d'elle-même avec une grande vitesse, sans que l'on pût deviner la nature de la force d'impulsion [1].

Après avoir laissé John pendant quelques instants en présence de cette bizarre machine, Mme Jellous le pria de s'asseoir sur un sofa, couvert de brocart frangé d'or, et le nabab obéit avec embarras.

« Faites comme chez vous, monsieur Hartley, lui dit-elle d'un ton aimable ; tenez, donnez-moi votre chapeau...., puis, tendez-moi la main... Pas celle-ci ; c'est de la gauche que j'ai besoin, » ajouta-t-elle en mettant le chapeau de John sur une petite table d'ébène [2].

Elle lui tint la main un moment, et reprit :

« Vous n'avez pas besoin de me dire pourquoi vous venez chez moi, pas plus que vous n'avez eu besoin de vous nommer ; l'Esprit qui m'a révélé votre nom aura, je l'espère, la bonté de me faire connaître complètement le motif de votre visite.... Quant à vous, dirigez votre pensée

1. Voyez la note à la fin du volume.
2. Voyez la note à la fin du volume.

vers le motif qui vous amène ici, et chassez
toute préoccupation étrangère. Tenez vos yeux
fixes, autant que vous le pourrez, en regardant ce
que je vais faire. »

Elle s'approcha de la table sur laquelle se
trouvait le chapeau, qu'elle toucha légèrement
du bout des doigts.

Chose étrange! Le chapeau se mit à s'agiter,
et on entendit dans l'intérieur des espèces de
craquements.

Pour le coup, le trouble de John devint une
véritable frayeur. Mme Jellous crut peut-être
qu'il allait faire des questions, et lui dit impérieusement :

« Taisez-vous.... l'Esprit va parler ! »

John eût été tout à fait incapable de désobéir :
car il sentait des constrictions à la gorge et n'aurait pu pousser que des sons inarticulés.

Le chapeau continua de s'agiter sans que les
doigts de Mme Jellous parussent le toucher une
seule fois; il éprouvait de légères saccades, qui
se succédaient les unes aux autres, comme les
signaux du télégraphe Morse.

Le chapeau s'étant arrêté court, Mme Jellous
se tourna vers John :

« Vous venez, monsieur, lui dit-elle gravement, me consulter au sujet d'un objet volé. »

Le chapeau se mit à s'agiter

John trouva la force de faire un signe d'assentiment.

Mme Jellous plaça de nouveau ses mains sur le chapeau, qui s'agita encore plus fébrilement que la première fois.

« Cet objet, poursuivit-elle du même ton, a été volé il y a peu de temps.

— Ce matin même ! » s'écria John involontairement.

La devineresse fit un mouvement d'impatience.

« Ne répondez que quand vous serez interrogé, dit-elle ; sans cela, l'Esprit cesserait de se tenir en communication avec moi. »

Elle se remit à observer les mouvements du chapeau et poursuivit :

« Le vol a été commis dans une gare.... pendant que vous preniez vos billets.... »

John se hasarda à faire un imperceptible signe de tête, dont Mme Jellous s'aperçut : car elle fronça le sourcil. Toutefois, après un moment de silence et de recueillement, pendant lequel ses traits portaient l'empreinte de la plus vive tension d'esprit, elle ajouta d'une voix sourde :

« Cette gare est près de New-Road.

— C'est celle d'Euston-Square », s'écria John avec un accent triomphant.

— Silence ! au nom du ciel ! » reprit d'une voix précipitée la voyante, qui calma l'enthousiasme du néophyte ; puis elle ajouta :

« L'objet que vous cherchez est d'une grande valeur. »

Alors, regardant bien en face John, qui sent la sueur lui couvrir le front, elle jette comme un oracle ces paroles prophétiques :

« Vous y teniez infiniment. »

Le chapeau, qui s'était calmé, commence à s'agiter de nouveau.

Mme Jellous, s'exprimant avec une volubilité croissante, dit successivement :

« Cet objet est en or...

« La forme est ronde.

« Il y a du verre...

« Le verre n'existe que d'un seul côté.

« C'est une montre...

« Cet objet n'a pas été acheté par vous...

« Il vous a été donné par quelqu'un que vous aimiez beaucoup.

« Cette personne est morte....

« Cette personne était votre femme !

— Oui, oui, s'écria John hors de lui, et en se dressant soudainement ; c'est ma Suzanne qui m'a donné cette montre, c'est ma pauvre Suzanne qui l'avait portée ! »

Mme Jellous désigna le chapeau, qui était subitement devenu immobile.

« Qu'avez-vous fait, monsieur Hartley ? dit-elle avec découragement ; en parlant malgré moi, vous avez rompu le charme. L'Esprit ne me répondra plus. Il est inutile de l'interroger maintenant. Si vous ne m'aviez point interrompue, je vous aurais dit ce qu'il faut faire pour retrouver l'objet auquel vous tenez tant ; mais, comme je vous en avais prévenu, les Esprits, surtout celui que je consulte, sont excessivement capricieux et ombrageux. Je n'ai pas toute la puissance fluidique nécessaire pour l'obliger à parler. Il n'y a plus maintenant que mon *maître*, le grand conjureur Karl, qui puisse venir à notre aide. »

Mme Jellous s'exprimait avec un tel accent de bonne foi et de conviction, que John ne pouvait mettre en doute la réalité de son désespoir. Du reste, le chapeau avait été condamné à l'immobilité la plus complète depuis l'imprudente interpellation de John.

Quant au nabab, nous ne chercherons pas à décrire l'état de confusion et de honte dans lequel il se trouvait jeté d'une façon si soudaine. Nous laisserons au lecteur le soin de se représenter les regrets qu'il éprouvait, en songeant à la manière grossière dont il avait outragé des Esprits bienveillants, disposés à le guider vers le but encore lointain de ses plus secrètes pensées.

Après quelques moments de silence, Mme Jellous sembla le prendre en pitié.

« Je vous le répète, dit-elle, si mon *maître* consent à continuer l'œuvre commencée, il n'est pas de difficulté dont il ne puisse triompher. Voulez-vous que je lui en fasse la demande? Nul doute qu'à ma prière il ne se décide à intervenir en votre faveur.

— Oh! faites, madame, répliqua John; je vous en serai éternellement reconnaissant. »

Et, s'approchant de Mme Jellous, il lui glissa dans la main un billet de vingt livres.

« L'argent ne peut rien sur lui, répliqua-t-elle d'un ton d'insouciance, mais en serrant avec soin le papier soyeux; il ne veut jamais être payé. On ne parvient à lui faire accepter quelque chose que dans le but de soutenir la propagande spirite, et d'aider à la manifestation de la vérité.

— Enfin, demanda John, quand pourrai-je voir M. Karl.... celui que vous appelez votre maître?

— Pour vous, monsieur Hartley, il n'est rien que je ne tente. J'irai le trouver à l'issue de la grande séance de conjuration qu'il donne ce soir...

Oui, revenez demain, à la même heure qu'aujour-
d'hui, et je crois pouvoir répondre que j'aurai la
réponse du *maître*. »

John promit d'être exact et prit congé de
Mme Jellous, qui le reconduisit jusqu'à la rue
par un corridor tout à fait clair et où ne se
produisit aucune manifestation. Chemin faisant,
elle lui disait d'une voix mystérieuse et entrecoupée :

« C'est votre faute, monsieur Hartley, si vous
ne savez pas dès à présent ce que vous désiriez
savoir.... Demain, je me rendrai chez le *maître*,
afin de lui demander l'autorisation de vous ame-
ner à sa séance.

« Il commande à des Esprits d'élite, qui vous
révèleront tout ce que vous avez besoin de savoir
sur votre avenir, sur votre présent et même sur
votre passé...

« Mais j'ignore s'il consentira à vous admettre
avant que vous vous soyez soumis à des épreuves
préalables, destinées à déterminer votre pouvoir
sur vos passions....

« Car, je dois vous en prévenir, les choses ne
se passeraient pas de la même manière que chez
moi, si vous violiez la loi du silence en présence
d'Esprits aussi terriblement chatouilleux.

« Les puissances redoutables que le *maître*

évoque, ne se borneraient peut-être pas à manifester leur mécontentement en gardant le silence, comme l'ont fait les Esprits sans importance que j'avais évoqués en votre faveur.

« Peut-être le *maître* lui-même ne pourrait-il arrêter les conséquences d'un mot imprudent sorti de votre bouche, au moment où il est enjoint de se taire. »

L'émotion qui s'était emparée de John en voyant son chapeau refuser opiniâtrément de se mouvoir, fut augmentée par les menaces que lui adressait la devineresse.

« Madame, s'écria-t-il en s'emparant de la main de son interlocutrice, veuillez dire au maître qu'il ne trouvera jamais un élève plus silencieux que moi !

« La triste expérience que j'ai faite ce soir des inconvénients de ne pas obéir ponctuellement aux ordres des personnes honorées de l'intimité des Esprits, est une leçon que je n'oublierai jamais.

« Ah ! je vous en supplie, fit-il d'une voix que l'émotion rendait tremblante, intercédez pour moi. »

Mme Jellous lui dit avec une voix douce, presque caressante :

« Je me sens touchée, mon cher monsieur

Hartley, de l'accent de franchise et d'ardeur avec lequel vous me faites ces promesses. Venez donc me revoir demain à la même heure; j'aurai vu le *maître*, je vous transmettrai ses décisions, et nous saurons alors ce qu'il peut pour un néophyte aussi intéressant que vous. »

John se sentit soulagé d'un poids immense; son visage s'éclaira, et il allait exprimer sa joie, quand Mme Jellous, s'apercevant qu'il voulait parler, lui dit avec un sourire plein de bienveillance et de finesse :

« Tenez, commencez par me donner une preuve de votre discrétion en me montrant que vous savez supprimer les remercîments qui viennent malgré vous sur vos lèvres. Je serais indigne de mon *maître* si je ne faisais l'impossible pour vous être utile.... *Espoir*, mais surtout *discrétion!* »

En disant ces mots, Mme Jellous avait touché à la dérobée un timbre qui se trouvait caché. La porte s'ouvrit, et Mary se présenta d'un air grave et sévère, juste au moment où sa maîtresse cessait de parler.

Cette brusque arrivée avait quelque chose de mystérieux qui frappa vivement l'esprit du nabab; ce dont son interlocutrice s'aperçut, et ce dont elle se hâta de tirer parti pour une nouvelle comédie.

Mettant un doigt sur ses lèvres, la devineresse
fit, de l'autre main, signe à John d'accompagner
la servante, et le nabab obéit en s'inclinant profondément. Lorsqu'il saluait ainsi la femme qui
le dupait avec tant d'effronterie, le malheureux
était persuadé qu'il rendait hommage aux Esprits. Lorsqu'il quitta la maison de Nelson-
square, il était en proie à mille pensées bizarres,
et ce n'est pas sans peine qu'il put trouver un
cab dans lequel il se hissa tant bien que mal
avec l'assistance du cocher.

CHAPITRE VIII

Le maître.

Rentré chez lui, John était encore sous le coup des violentes émotions qu'il venait d'éprouver dans la maison de la devineresse. On se souvient que, par suite de ses malheurs, de ses rêveries maladives, de ses abus d'opium, il avait les nerfs fortement ébranlés, sans compter que sa cervelle n'avait jamais été bien solide. Sa propension vers les choses soi-disant merveilleuses et surnaturelles était fortifiée par les prestiges accomplis chez

Mme Jellous, et son imagination s'exaltait à la pensée que peut-être il allait être initié à des mystères plus surprenants encore.

On ne sera donc pas étonné qu'au milieu de ses préoccupations, il ne s'inquiétât guère de la pauvre Néridah, qui, en compagnie de ses gouvernantes, l'attendait à la ferme du Rutlandshire et se désolait de son absence.

Il passa la soirée à lire le journal auquel il devait la satisfaction de connaître Mme Jellous, et l'espérance de retrouver le *maître* qui lui avait sauvé la vie. Car il eût parié cent mille livres contre un shilling que le médium de Mme Jellous n'était autre que l'inconnu du chemin de fer.

Il n'y avait pas une ligne du *Day Break*[1] qui ne lui parût inspirée par la plus pure sagesse, par le plus ardent amour de la vérité, et il y trouvait des histoires qui semblaient rédigées dans le but exprès de répondre à ses plus secrètes préoccupations.

Comment aurait-il douté un seul instant du récit de l'entrevue d'une veuve et de son mari enterré depuis quinze ans?

C'était grâce à l'intercession du grand Karl que le miracle s'était accompli, et le *Day Break* donnait des détails d'une précision telle, qu'il était impossible de les croire inventés.

Du reste, cet article était signé par un membre de la Société royale de Londres, dont les découvertes excitaient en ce moment même une admiration universelle [1].

Le *Day Break* affirmait en outre, dans un premier Londres écrit avec un entrain incroyable, que le temps est supprimé pour l'adepte du spiritisme comme l'espace l'est par le télégraphe électrique.

L'auteur, dont l'érudition était immense, mettait à contribution l'antiquité sacré et l'antiquité profane pour démontrer qu'un médium de haut titre, participant en quelque sorte plus intimement que le commun des humains à l'essence divine, peut, dans certaines circonstances graves. se trouver simultanément dans deux lieux différents, comme à Paris en même temps qu'à Londres, ou à New-York au même instant qu'à San Francisco.

Il disait de plus, ce dont il était moins sûr, que deux médiums pouvaient se donner rendez-vous dans le même corps, qui obéissait à la fois à deux Esprits différents [2].

1. Voyez la note à la fin du volume.
2. Voyez la note à la fin du volume.

Il lut et relut à plusieurs reprises les articles annonçant des faits si surprenants, et pendant cette séance, qui occupa de longues heures, le temps était complètement suspendu pour lui. Néanmoins, vaincu par la fatigue, il parvint à s'endormir d'un sommeil fiévreux et agité, et toute la nuit les rêves les plus effrayants troublèrent son repos.

Aussi, le lendemain matin, en se réveillant la tête lourde et les paupières appesanties, avait-il presque oublié cette montre, souvenir précieux de Suzanne ; c'était maintenant à Suzanne même qu'il pensait, et il se demandait si Karl, ce puissant médium, ne pourrait pas le mettre en rapport avec la femme adorée dont la perte désolait sa vie.

Pendant toute la journée, il ressentit une mortelle impatience. Il allait et venait sans cesse, ne tenant pas en place, regardant l'heure à toutes les pendules de la maison. La journée lui paraissait d'une longueur interminable ; il lui semblait que l'heure convenue pour se rendre chez Mme Jellous n'arriverait jamais. Enfin pourtant un valet de pied lui annonça que sa voiture était prête, et John, saisissant son chapeau, allait descendre l'escalier, quand son frère, le docteur Hartley, entra.

Le premier sentiment de John fut du mécontentement plus encore que de la surprise.

« Toi! ici? s'écria-t-il avec une sorte d'aigreur peu explicable, que son aîné ne fut pas sans remarquer ; tu n'es donc pas dans le Ruthlandshire, selon l'invitation que je t'ai adressée?

— Non, pas plus que toi, mon cher ami.... Mes malades en ont disposé autrement; je t'ai écrit là-bas pour m'excuser... En faisant mes visites, je passais de ce côté et j'ai voulu savoir... On m'a dit que tu es revenu à Londres parce que l'on t'avait volé une montre... Est-ce vrai?

— C'est vrai, et je vais justement pour m'informer... Excuse-moi donc, Henry, je suis pressé.

— Bah! tu peux bien m'accorder quelques minutes... Mais qu'as-tu donc, John? Tu es pâle, agité... Laisse-moi te tâter le pouls.

— Au diable le pouls! répliqua le nabab avec impatience ; je te dis que je suis en retard, qu'il faut que je parte.

— S'il s'agit de faire arrêter le coquin qui t'a volé ta montre, je te présenterai au colonel Henderson, le chef de la police.

— Eh! qu'ai-je besoin du colonel Henderson? Je connais des gens qui sauront mieux que lui....

— Je gage que tu vas t'adresser à quelque

charlatan.... Prends garde, John ; ces gens, qui
promettent de retrouver les objets volés, s'entendent presque toujours avec les voleurs... Tu vas
faire quelque sottise !

— Je suis pourtant assez grand, frère Henry,
pour me conduire tout seul.

— Il y a des choses que tu ignores ; tu as longtemps vécu hors de l'Angleterre, tu ne peux
avoir l'expérience d'un vieil habitant de Londres
tel que moi... Je connais les ruses des intrigants
et des escrocs qui pullulent ici... Enfin, puisque
mes avis te déplaisent, n'en parlons plus, et agis
à ta guise... Ne pourrais-je voir ma chère petite
nièce Néridah ?

— Néridah ! répliqua John un peu confus,
elle n'est pas ici... Elle est dans le Rutlandshire,
où je serais moi-même en ce moment, si je n'a-
vais été obligé de revenir à Londres, afin de retrouver le bijou qui m'a été si malheureusement
dérobé.

— Comment ! s'écria le docteur au comble de
la surprise, tu as pu te séparer de cette charmante enfant ? Tu la laisses loin de toi, à la garde
de deux femmes qui ne savent pas un seul mot
d'anglais ? Heureusement la petite est intelligente
et très capable de se diriger elle-même. Une fois
arrivée à la ferme, je n'ai pas d'inquiétude sur

son compte; mais sait-on ce qui peut survenir en voyage?...

— Il est bien fâcheux, dit brusquement John d'un ton piqué, que tu ne te sois pas trouvé à Rugby afin de me donner ces excellents conseils; mais il est trop tard pour que j'en tienne compte en ce moment.

« Du reste, je ne suis pas libre de rester plus longtemps à disserter avec toi, une affaire urgente me réclame... la voiture m'attend... Adieu donc, adieu! »

Il toucha avec distraction la main de son frère et sortit en courant; bientôt on entendit la voiture qui s'éloignait.

Henry secoua tristement la tête.

« *Il* m'inquiète.... *Il* m'inquiète beaucoup! murmura-t-il. La raison de ce pauvre John a été ébranlée par ses malheurs, et il est en excellente situation pour devenir la dupe des aigrefins alléchés par son immense fortune.

« Mon fils Alfred, qui m'écrit souvent de l'Inde, paraît avoir conçu les mêmes craintes...

« Peut-être ai-je eu tort de ne pas me décider à vivre avec lui, pour sauvegarder les intérêts de cette charmante fillette dont il se sépare si facilement!

« Pauvre enfant! qui a perdu sa mère dans

des conditions si épouvantablement tragiques, et que son père abandonne sous prétexte de courir après un bijou !

« Décidément, il faut que je sache ce que devient la chère petite. »

Et le docteur, avant de rentrer chez lui, envoya un télégramme dans le Rutlandshire.

Cependant John se rendait à Nelson-square de toute la vitesse de ses chevaux. Il tremblait que le temps passé avec son frère ne l'eût mis en retard et n'excitât l'impatience du *maître*, qui lui inspirait déjà tant de respect et tant de crainte. Ne voulant pas que ses gens sussent où il allait, il renvoya sa voiture dès qu'il atteignit Black-Friars-road, vaste boulevard sur lequel Nelson-square débouche par une petite rue où demeurait Mme Jellous; puis, seul et à pied, il se dirigea vers la maison, ne songeant plus ni à Néridah ni au docteur, mais la tête toute remplie de pensées qui devenaient plus tumultueuses à mesure qu'il approchait.

La servante l'introduisit, en silence et sans toutes les cérémonies d'usage, dans un petit salon assez obscur et tendu de noir avec des baguettes argentées. Les fauteuils étaient en ébène; sur la table de même bois brûlait une lampe à pétrole dont la forme avait quelque chose de sépulcral.

A peine John fut-il entré, que la servante qui l'avait introduit se retira, toujours en silence, le laissant à ses réflexions. Il n'avait pour se distraire que les battements d'une horloge, dont le balancier était un crâne argenté, tandis que les aiguilles étaient terminées par de petites têtes de mort.

John observait ces détails avec une curiosité qui n'était pas exempte d'appréhension, quand tout à coup il se trouva en présence de deux personnes qu'il n'avait pas vues entrer.

—L'une d'elles était Mme Jellous, revêtue d'un costume sévère. A son cou pendait un gros camée, représentant un diable en mouvement. qui semblait danser une sarabande affreuse. Ce démon épileptique se livrait à des contorsions inouïes, faisant un singulier contraste avec l'allure compassée de la médium[1]. Mme Jellous, en ce moment, était raide, droite, les bras tombant le long du corps. Elle avait l'œil fixe, sans regard, et elle s'avançait d'un pas automatique. Évidemment elle était plongée dans un sommeil magnétique, et ne s'inquiétait pas de faire les honneurs de sa maison à un visiteur qu'elle ne voyait pas sans doute.

1. Voyez la note à la fin du volume.

Toutefois ce ne fut pas sur elle que se fixa l'attention de John, mais sur un homme de haute taille, habillé de noir, qui l'accompagnait.

Du premier coup d'œil, le nabab reconnut cet homme mystérieux, dont les allures étranges l'avaient frappé et dont la fuite précipitée l'avait désespéré.

Ses pressentiments ne l'avaient point trompé; c'était *le maître*, qui venait en personne réparer les tristes conséquences de son impatience et de son étourderie.

« Vous! vous, monsieur! s'écria-t-il en allant au-devant de lui; c'est vous mon sauveur d'hier, vous mon aimable et obligeant compagnon de voyage, c'est vous qui êtes le grand Karl, le tout-puissant médium qui commande aux Esprits du monde invisible! »

Karl, puisque tel était le nom du nouveau venu, serra la main de John et lui dit avec affabilité :

« Je suis fier de la confiance que je vous inspire, monsieur Hartley, et je dois vous dire qu'elle est amplement justifiée par l'intérêt que j'éprouve pour le malheur dont vous avez été frappé....

« Vous avez compris qu'hier je ne pouvais parler librement devant des ignorants et des profanes, malgré la sympathie profonde que je ressentais déjà pour vous.... D'ailleurs, ne vous exagérez pas mon pouvoir ; je ne suis rien par moi-même ; je n'ai d'autorité. que par les Esprits dont je réussis à diriger la volonté.... »

Il serait difficile de décrire l'impression que produisit dans l'âme crédule de John ce peu de paroles, prononcées d'un ton amical, mais plein d'une sorte de dignité.

Son âme fut tout d'un coup envahie par une joie ineffable, car il ne doutait pas que le *maître* en face duquel il se trouvait, n'eût la puissance de réaliser les miracles auxquels il n'avait encore songé que d'une façon vague et superficielle.

Mais il se sentait pénétré d'un véritable sentiment de respect, et il parvint à modérer l'expression de l'immense satisfaction qu'il éprouvait.

Le grand Karl, en homme habile, ne lui laissa pas le loisir de la réflexion, car il continua en ces termes :

« Nous devons, sans discours inutiles, nous occuper de l'affaire pour laquelle j'ai été convoqué. Sur l'invitation de ma digne élève, je suis venu avec l'intention de vous rendre un service important, et je me mets à vos ordres. »

John était ravi ; mais, comme la reconnaissance
était une de ses qualités dominantes, il voulut
rendre grâce à la femme qui lui avait procuré
ce précieux concours.

« Je remercie Mme Jellous ! » dit-il avec
empressement en se tournant vers la devineresse. »

La devineresse demeura impassible et silencieuse, comme une statue.

« Gardez pour plus tard les remercîments que
vous croyez qu'elle mérite, dit Karl, en souriant
d'un air protecteur.

« Elle ne vous entend pas en ce moment ; elle
est en état de somnambulisme... Et sans attendre
plus longtemps, ce qui ne serait pas charitable,
car la pauvre femme souffre beaucoup, nous allons, si vous le voulez bien, tirer profit de sa
clairvoyance pour retrouver la montre que vous
avez perdue... »

John remarqua alors que le visage de Mme Jellous était inondé de sueur ; ses yeux tout grands
ouverts étaient noyés de larmes ; les muscles
de son visage, fortement contracté, étaient agités
par de petits mouvements convulsifs. John crut
même entendre sortir de sa poitrine des sanglots
étouffés.

Après s'être interrompu pendant le temps

nécessaire pour que le nabab pût examiner à loisir ces détails, Karl reprit :

« Cette montre était d'un grand prix.

— Le prix n'est pas pour moi dans la valeur de l'objet, mais dans le souvenir qui s'y rattache... Vous savez déjà que cette montre a appartenu à Suzanne Hartley, ma femme, qui occupe toutes mes pensées, et si votre pouvoir allait jusqu'à me mettre en rapport avec cette épouse adorée, je n'ai pas besoin de vous dire que ma reconnaissance serait sans bornes....

— Il n'est pas temps de s'inquiéter de cela, répondit Karl d'un ton majestueux.

« Les esprits n'aiment pas qu'on les dérange inutilement ; ils ne détestent rien tant que les adeptes qui changent d'idée et qui, selon l'expression des profanes, ne savent ce qu'ils veulent. Car on peut dire avec raison du spiritisme ce qu'un auteur célèbre a dit du génie : *il est une longue patience.*

« Aujourd'hui, je ne peux m'occuper que de retrouver le bijou perdu... Veuillez vous asseoir, monsieur Hartley, et, de grâce, quoi que vous voyiez et que vous entendiez, ne m'interrompez pas. »

John, un peu confus de la verte mercuriale qu'il s'était attirée, s'empressa de prendre place sur le canapé.

Alors Karl se tourna vers Mme Jellous, qui était debout et immobile au bout du salon.

« Approchez ! » commanda-t-il.

Elle s'avança de son pas lent, compassé, rigide. Ses yeux avaient toujours une fixité effrayante, et une pâleur cadavéreuse couvrait ses joues.

« Asseyez-vous ! » commanda encore le médium en désignant un fauteuil au milieu de la pièce.

La somnambule se laissa tomber dans le fauteuil par un mouvement brusque et machinal, puis redevint immobile.

Karl se plaça devant elle et la tint un moment comme fascinée sous son regard. Enfin, il dit de sa voix impérieuse :

« Voyez-vous où est la montre de M. John Hartley ? »

Mme Jellous s'agita sur son siège, porta la main à son front ; mais ce fut à peine si de faibles gémissements sortirent de sa poitrine.

« Répondez, reprit Karl ; je le veux ! »

Les gémissements continuèrent ; la somnambule semblait éprouver de mortelles angoisses. Comme elle se taisait toujours, Karl fit un pas vers elle et s'écria d'un ton menaçant :

« Cherchez. »

Bientôt elle répondit avec un accent guttural, étranglé, qui n'avait rien de son accent ordinaire :

« Je vois.

— Vous voyez la montre de M. John Hartley ?

— Oui.

— Où est-elle ?

— Dans un arbre....

« Oui, dans un arbre, car elle est entourée partout de bois vivant.

— Vous voulez dire de tous côtés ?

— Oui.

— De tous côtés ? répéta Karl en parlant lentement et en appuyant sur chaque syllabe.

— Ah oui, il y a un côté où je ne vois pas de bois.

— Regardez mieux, dit Karl d'une voix terrible.

— Oui, elle est dans un trou, et ce trou est creusé dans un arbre. »

Après avoir prononcé ces paroles Mme Jellous s'arrêta épuisée. Il fallut qu'elle reprît haleine après une aussi brillante découverte. Mais Karl n'entendait point en rester là.

« Quel est cet arbre ?

— Un chêne.

— Où se trouve ce chêne ? »

Nouveau silence.

Karl prit encore une attitude menaçante; la somnambule tomba à genoux, en se tordant de douleur.

John, naturellement humain, fut sur le point de demander grâce pour elle, malgré la curiosité ardente qu'il éprouvait; mais la crainte de mécontenter les Esprits, en montrant peu de persévérance et de suite dans les idées, le retint.

« Parlez donc, madame Edmond, » reprit Karl d'une voix plus douce.

Et, s'approchant de la somnambule, il lui souffla sur le front.

« Cet arbre est dans le parc de Richmond.

— Dans le parc de Richmond ! Vous l'entendez, monsieur Hartley? dit le médium; maintenant, madame, apprenez-nous dans quelle allée.

— Dans l'allée de la Reine... le dix-septième arbre à gauche, en descendant du rond-point...»

Puis Mme Jellous, définitivement vaincue par tant d'efforts, tomba sur le plancher, et sa bouche laissa échapper une espèce d'écume blanchâtre. Elle resta sans mouvement.

Karl, s'agenouillant à son côté, lui souffla de nouveau sur le front; aussitôt elle se releva, calme et souriante, comme si rien n'était arrivé.

« Quel rêve charmant je viens de faire! dit-elle en se frottant les yeux; il me semblait que j'étais dans un jardin, rempli de fleurs, où j'entendais gazouiller les oiseaux. »

John suivait d'un œil avide tous ces jeux de physionomie, qui lui paraissaient exprimer les sentiments divers auxquels l'âme de la somnambule était soumise par la volonté inflexible du maître.

Il ne lui venait pas un seul instant à l'idée qu'une habile comédienne pût imiter des sentiments si admirablement peints par le geste, l'attitude et la voix.

Insensiblement, lui-même il se laissait aller à partager les impressions de la somnambule, et il éprouva un véritable soulagement, quand le souffle de Karl eut passé sur le front de Mme Jellous, et calmé la tempête qui semblait gronder en elle.

Mais la voix ferme et sèche de Karl ne tarda pas à tirer le nabab de cette espèce de ravissement.

« A présent, monsieur Hartley, il n'y a pas de temps à perdre.

« Si vous n'avez pas votre voiture à la porte, prenez un cab.

« Allez le plus vite possible au parc de Richmond....

« Arrangez-vous pour découvrir rapidement l'arbre que Mme Jellous vous a indiqué....

— J'ai indiqué un arbre, moi? s'écria Mme Jellous avec une naïveté si grande que John en fut stupéfait.

— Quoi! ne le savez-vous pas? demanda-t-il; ici, tout à l'heure, vous nous disiez...

— Elle ne peut se souvenir de rien, interrompit le médium, car sa volonté est tout à fait étrangère à ce qu'elle disait. Elle ne savait même pas que vous vous trouviez ici, que je mettais à votre service les éminentes facultés que les Esprits lui ont données, et que mon art a si étonnamment développées. Mais, je vous le répète, allez promptement au parc vous assurer si elle a été lucide... Dans ce cas, je compte me servir d'elle pour produire des prodiges qui vous intéresseront bien autrement que la découverte de votre montre, d'après la confidence que vous m'avez faite, et dont, du reste, je n'avais aucun besoin....

— Eh bien, je pars, s'écria John avec précipitation, attendez-moi.... Je serai bientôt de retour. »

Comme il était déjà hors de la chambre, Karl le rappela.

« Il ne serait pas prudent, dit-il à la pauvre dupe, que ce contre-ordre avait jetée dans un état de surprise et d'agitation difficile à dé-

crire, de vous fier à votre mémoire dans une
expérience d'une si grande importance et d'une
telle gravité.

« Tenez, je suis sûr que vous ne pourrez pas
me désigner l'arbre ?

— C'est le dix... le dixième, je crois, » balbutia
John, rouge jusqu'aux oreilles.

— Mais non... vous l'avez déjà oublié.... dé-
fiez-vous de votre ardeur et de votre précipitation. »

Déchirant alors une feuille de son agenda, il y
inscrivit, d'une main posée, ces mots :

*Dans l'allée de la Reine, le dix-septième arbre
à gauche, en descendant du rond-point.* »

Quand il eut fini d'écrire, ce qui prit quelques
minutes que John trouva mortellement longues,
il lui remit le feuillet d'un air solennel, et lui
dit d'une voix impérieuse :

« Allez, et revenez sans perdre un instant. »

Deux heures plus tard, comme Karl et Mme Jellous, après avoir confortablement lunché, ren-
traient dans la salle des évocations, on entendit
la porte extérieure s'ouvrir avec le bruit ordinaire. John entra tout haletant, tout en nage, en
élevant au-dessus de sa tête un objet qu'il tenait
à la main.

« La voici ! la voici ! s'écria-t-il d'un ton triomphant; elle était exactement à la place indiquée. »

Et il fit voir une magnifique montre, enrichie de diamants et de perles.

Karl et Mme Jellous examinèrent le bijou avec un étonnement mêlé d'admiration.

« C'est, en effet, une chose fort précieuse, dit la somnambule; cette montre vaut bien cent guinées.

— Pour moi, elle vaut vingt fois davantage, s'écria John; et je conserverai une profonde gratitude à ceux qui me l'ont fait retrouver. »

En même temps, il déposa sur la table une grosse bourse pleine d'or

Karl fronça le sourcil.

« On a dû vous dire, monsieur Hartley, s'écria-t-il sévèrement, que jamais...

— Oh! acceptez, monsieur Karl, interrompit John d'un ton presque suppliant; je sais que vous êtes trop fier et trop puissant pour agir en vue de misérables intérêts; mais vous ne refuserez pas, *maître*, d'employer cette somme à la propagation des doctrines spirites, dont vous êtes un des plus sublimes adeptes....

— S'il en est ainsi, il ne m'est pas permis de refuser... Il y a, par malheur, tant d'incrédules encore! Tant d'yeux, monsieur John, demeurent obstinément fermés à la lumière! »

Cette montre vaut bien cent guinées.

Et la bourse tomba, avec un bruit métallique, dans la poche du médium.

« Maintenant, maître, reprit John humblement, voudrez-vous bien vous souvenir de la promesse que vous m'avez faite?

— Quelle promesse?

— Celle d'obtenir pour moi quelques manifestations relatives à ma chère Suzanne.

— Quoi! vous voulez absolument... Eh bien! nous verrons... plus tard.

— Pourquoi pas aujourd'hui?... à l'instant même? S'il faut l'avouer, je meurs d'impatience, et je donnerais, je crois, la moitié de ma fortune pour que mon désir pût se réaliser. »

Le spirite échangea un regard rapide avec Mme Jellous.

« Excellent monsieur Hartley, reprit-il, il se fait tard.... votre voyage dans le parc de Richmond vous a épuisé.... D'ailleurs, je ne saurais peut-être obtenir ici la manifestation que vous souhaitez. J'aurais seulement chance de réussir dans une maison que la défunte aurait habitée, tout au moins dans une maison contenant des objets qui lui ont appartenu et habitée par des personnes qu'elle a aimées...

— Alors venez chez moi, dit le nabab chaleureusement. A la vérité je n'ai acheté cet hôtel que depuis mon retour des Nilghéries ; mais, ma fille et moi, nous l'occupons avec nos domestiques indiens, et j'y ai transporté, comme de saintes reliques, une foule d'objets provenant de Suzanne.... Venez donc, tous les deux ; vous souperez avec moi.... Envoyez votre servante chercher un cab ; et, après la séance, vous aurez une de mes voitures pour vous ramener à l'heure qu'il vous plaira. »

Karl échangea quelques mots à voix basse avec la somnambule.

« Monsieur Hartley, dit-il enfin, Mme Jellous et moi, nous sommes disposés à faire l'un et l'autre l'impossible pour vous être agréable.

« Cependant je ne dois pas vous cacher qu'il serait plus convenable d'attendre un peu.

« Je préfèrerais que votre foi dans les merveilles du spiritisme ne fût point, en quelque sorte, improvisée.

— Méfiez-vous de votre enthousiasme, dit Mme Jellous avec un air d'intérêt et de componction, car vous rencontrerez bien des jours de doutes et d'incertitudes ; donnez-vous le temps de raisonner les opinions nouvelles que vous adoptez.

« Réfléchissez pendant quelques mois à la manière miraculeuse dont cette montre a été retrouvée.

— Quel besoin ai-je de réfléchir? reprit John brusquement.

« Faut-il des mois, des semaines ou même des jours, pour se convaincre que cette montre est la même que celle qui m'a été dérobée?

« Est-il besoin d'autres preuves que celle que, grâce à vous, je tiens entre mes mains?

« Je vous en supplie, mes bons amis, ne me laissez pas en suspens.... Il valait mieux ne pas soulever devant moi un coin du voile que de me montrer tant de merveilles et m'abandonner ainsi. »

En prononçant ces dernières paroles d'une voix faible, il laissa échapper des larmes, et il tomba plutôt qu'il ne s'assit dans un fauteuil.

« Vous le savez, vous avez un frère qui se vante d'être un esprit fort, et qui a beaucoup d'empire sur vous, lui dit Karl d'un ton radouci et en lui prenant la main.

— On vous a trompé, maître, riposta John non sans colère, quand on vous a rapporté que mes opinions étaient celles du docteur Hartley !

« Il y a longtemps déjà que ses sarcasmes et ses sophismes me causent une répulsion invincible. Même avant d'avoir songé sérieusement au spiritisme, la liberté et le mépris avec lesquels il parlait de ses merveilles respectables ne cessait de m'irriter.

I — 11

« Aujourd'hui que j'ai vu, que j'ai touché ses miracles, que je tiens dans ma poche cette montre, ce témoignage palpable de votre puissance, mon frère ne peut plus rien sur mon esprit.

« Ses froids raisonnements viendraient se briser contre des faits authentiques et absolument incontestables.

« Si j'ai la patience de l'entendre, ce qui me paraît douteux, il ne fera que m'enraciner dans des opinions auxquelles je tiens autant qu'à ma vie....

— Je vois que vous vous exprimez avec un accent de conviction ferme, sérieuse. Il est impossible de mettre en doute votre zèle et votre sincérité. J'ai rarement rencontré un feu si beau et si soudain....

« Mon enseignement est tombé dans votre âme, que le malheur avait bouleversée, comme une semence dans une terre féconde admirablement labourée....

« Peut-être un jour pourrez-vous devenir un apôtre, mais enfin vous n'êtes qu'un néophyte...

— Oui, je ne suis qu'un néophyte, interrompit John avec une sorte d'éloquence passionnée dont on ne l'aurait pas cru susceptible ; mais je saurais, s'il le fallait, rendre témoignage, un témoignage éclatant au pouvoir des Esprits....

— Surtout, pas de zèle ! dit Karl en souriant d'un air doux et paternel; les Esprits n'ont pas besoin d'être défendus avec tant de passion.

« Mais votre ardeur me touche, et ma foi ! je me risque à céder à votre fantaisie.

« S'il arrive que vous froissiez quelque Esprit trop jaloux de sa dignité, je ferai en sorte de vous défendre, et j'y réussirai, pourvu que vous ne rompiez, sous aucun prétexte, le silence qui vous est imposé. »

John remercia avec effusion et promit sur son honneur qu'il n'ouvrirait jamais la bouche sans y avoir été convié. Avant qu'un quart d'heure se fût écoulé, on montait en voiture pour se rendre chez le nabab.

Il était déjà tard et la nuit était tombée depuis longtemps lorsque John, accompagné de Karl et de Mme Jellous, arriva à la porte de son hôtel, où une surprise l'attendait.

Mais avant de la faire connaître, il faut raconter ce qui était arrivé à Néridah, depuis que son père l'avait laissée dans le train allant de Rugby à Oakham.

Néridah, par sa pure et bienfaisante influence,

pouvait être encore le bon génie de son père, et le soustraire à l'influence funeste qui commençait à peser sur lui.

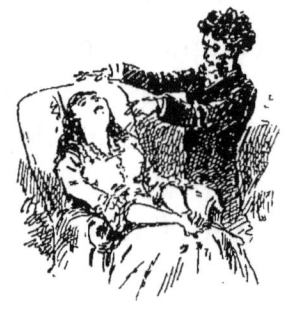

CHAPITRE IX

La main de Suzanne.

Le matin du même jour, Néridah, très inquiète
de la longue absence de son père, avait reçu
la dépêche télégraphique du docteur. Henry lui
témoignait brièvement le désir de la revoir bientôt, et la petite, interprétant à sa manière les
termes du télégramme, avait cru y lire une invitation de revenir à Londres sur-le-champ. Ses
nourrices et les personnes qui l'entouraient éle-

vèrent bien quelques objections ; mais l'enfant
gâtée était passablement despotique, si bien qu'on
avait fini par céder à sa volonté. Elle était donc
montée en chemin de fer, et elle était revenue
à l'hôtel avec Nana et Tata, démesurément im-
patiente de voir et d'embrasser son père, dont
elle connaissait très bien les habitudes casa-
nières et qu'elle s'attendait presque à trouver
déjà couché.

Son désappointement fut extrême quand elle
apprit que John était sorti depuis longtemps,
et que personne ne pouvait deviner où il était
allé.

Comme il lui semblait qu'il ne pouvait tarder
à rentrer, elle refusa obstinément de se retirer
dans sa chambre, et malgré les instances de ses
mamans indiennes, elle se décida à épier son
retour.

Elle s'installa donc dans le salon du rez-de-
chaussée, magnifique pièce qui s'ouvrait sur un
vestibule monumental, et elle se tenait prête à
s'élancer au-devant de John.

L'attente fut assez longue, et la pauvre enfant
avait été plus d'une fois sur le point de pleurer
d'impatience, quand une voiture s'arrêta enfin
devant la maison. Aussitôt Néridah courut dans
le vestibule et se cacha derrière une des colonnes

de marbre, pour se jeter inopinément au cou de
son père, dès qu'il paraîtrait.

John entrait dans l'hôtel avec les deux hôtes
qu'il avait si difficilement décidés à accepter
pour le soir même son hospitalité. Encore tout fier
de sa victoire, le nabab marchait devant Karl et
Mme Jellous pour leur montrer le chemin. Tout en
les précédant, il leur donnait de nouveaux détails
sur la manière merveilleuse dont il avait retrouvé
la montre dans le parc de Richemond. Comme il
décrivait, pour la dixième fois, la nature des
impressions qu'il avait éprouvées, lorsque sa
main avait pénétré dans cette cavité humide et
gluante au fond de laquelle il avait senti le
froid du métal, Néridah se précipita vers lui, les
bras ouverts :

« Me voici, cher père! s'écria-t-elle; tu ne m'attendais pas?... mais je viens d'arriver du Rutlandshire avec mes mamans indiennes! »

Et avant que John eût pu se reconnaître, elle
le dévora de baisers.

« Laisse-moi donc, petite folle, dit-il, tu vois
bien que j'ai du monde... que je suis occupé. »

Alors seulement Néridah regarda les personnes
qui accompagnaient Hartley et qui elles-mêmes
l'examinèrent avec curiosité.

La fille du nabab méritait bien leur attention,

car il était impossible d'imaginer une plus charmante créature. Agée d'environ douze ans, elle
avait conservé le riche costume de l'Inde. Ses
beaux cheveux noirs, fins et bouclés, étaient attachés avec un ruban rouge de feu. Elle portait
une robe de soie bleu clair, bordée d'argent, et la
jupe courte laissait voir ses pieds mignons, tandis que ses bras demi-nus s'échappaient d'un flot
de dentelles. Elle avait un collier de grosses
perles et des boucles d'oreilles en diamants qui,
à la lueur de la grande lanterne à gaz dont le
vestibule était éclairé, jetaient des feux merveilleux. A quelques pas derrière une colonne,
se tenaient deux femmes, couvertes d'amples
vêtements blancs, silencieuses et immobiles
comme des fantômes; c'était Nana et Tata, qui
ne quittaient leur petite maîtresse ni le jour ni
la nuit, toujours prêtes à la protéger ou à exécuter ses ordres.

Mme Jellous et Karl lui-même, si peu accessible
que fût le médium à certaines impressions, ne
purent se défendre d'une admiration réelle à la
vue de tant de grâce et de tant de beauté.

« Est-ce là votre fille, monsieur Hartley? demanda Mme Jellous avec un intérêt qui était par
extraordinaire réel, et n'avait rien d'hypocrite ni
de mensonger.

— Oui, répliqua John, vous avez devant vous miss Néridah Hartley.

« Mais elle ne devrait pas être ici, et je suis tout étonné de l'y rencontrer.

« Je la croyais dans le Rutlandshire, où je l'avais envoyée, je ne sais trop pourquoi, à la suite du vol de ma montre. Il me semblait qu'elle me gênerait dans les recherches auxquelles je comptais me livrer. Je ne m'attendais point à ce qu'elles seraient si vite et si heureusement terminées, grâce à vous.

— Et vous aviez bien fait, répondit sentencieusement Karl, car il ne faut pas ici de volonté qui puisse contrarier la vôtre.

« Votre fille est charmante. Seulement.... »

John regarda Karl d'un air inquiet qui n'échappa pas au médium.

« Elle est charmante, vous dis-je. Mais je regrette qu'elle vous ait désobéi....

— Oui, oui, dit John, il est étonnant qu'elle ne soit pas restée dans le Rutlandshire. »

Et se tournant alors d'un air irrité vers les deux Indiennes, il ajouta :

« L'on me rendra compte de ce retour subit que je n'ai point autorisé. »

Prévoyant qu'un sentiment d'indulgence ne tarderait pas à reprendre le dessus dans le cœur du père, Karl se donna bien garde de pousser trop loin ce premier avantage; il préféra éteindre lui-même par quelques paroles aimables le feu qu'il avait allumé.

John, qui ne demandait qu'à quitter sa grosse voix, fut ravi de voir qu'il pouvait pardonner sans faire insulte aux Esprits.

« Allons! nous causerons de cela plus tard, dit-il; en attendant, ma fille, embrassez M. Karl et cette dame, qui vont passer la soirée ici.

— Oui, venez m'embrasser, miss Néridah, » dit Karl d'un air caressant.

La fillette fit un mouvement pour obéir; mais à peine eut-elle envisagé Karl, qu'elle se rejeta vivement en arrière avec une sorte d'effroi.

« Je... je ne veux pas, » murmura-t-elle.

John fronça de nouveau le sourcil.

« Qu'est ceci, mademoiselle? reprit-il en colère; pourquoi ne voulez-vous pas embrasser mon ami?

— Il n'est pas ton ami, papa, répondit Néridah avec assurance; je reconnais en lui le gentleman qui était auprès de toi dans la gare d'Easton-Square, quand on t'a volé la montre de maman Suzanne... Oui, et voici aussi, ajouta-t-elle en se tournant vers Mme Jellous, la grosse dame qui l'accompagnait. »

Malgré leur pouvoir sur eux-mêmes, le médium

et la somnambule ne purent retenir un mouvement d'inquiétude, en entendant cette révélation
si nette, et ils échangèrent un regard furtif. Cependant Karl, dissimulant très habilement son embarras, demanda avec sang-froid :

« Que dit donc cette enfant, monsieur Hartley?
elle parle si vite que je n'ai pas entendu.

— Rien... ce n'est rien, répliqua John avec empressement; elle est encore si jeune! Il ne faut
pas prêter la moindre attention aux sornettes
qu'elle peut débiter.

« Seulement, ajouta-t-il d'un ton sec, comme je
n'aime pas les caprices, miss Néridah va se retirer sur-le-champ dans sa chambre... Il est
tard, elle a voyagé, elle devrait être couchée depuis longtemps... Emmenez-la, poursuivit-il en
s'adressant aux deux Indiennes, et que je ne la
revoie plus de ce soir. »

Jamais John Hartley n'avait traité si durement
sa fille; Nana et Tata, terrifiées par un accueil auquel elles n'étaient point habituées, tremblaient
de tout leur corps. Comme elles comprenaient
qu'il fallait se retirer, elles s'avancèrent aussitôt pour entraîner la pauvre petite; cependant, cette exécution sommaire n'étant pas
du goût de mademoiselle Néridah, elle tenta
de s'y opposer, avec une résolution que son âge

et sa soumission habituelle aux volontés du nabab ne permettaient pas de prévoir.

« Cher papa, s'écria-t-elle d'un ton suppliant, je ne t'ai pas assez embrassé encore, toi !... Et puis, je veux te dire....

— Emmenez-la ! » répéta John avec une violence dont il eut honte lui-même lorsque l'enfant eut disparu.

Mais le pauvre père était dans une telle disposition d'esprit, que ce remords même ne pouvait manquer d'être funeste à l'être innocent qui l'occasionnait.

En effet, il sembla à John que cette fureur, déraisonnable en apparence, ne lui était pas, pour ainsi dire, imputable, et qu'elle devait lui être inspirée par un Esprit, qui, l'ayant pris sous sa sauvegarde, tenait à assurer le succès de son initiation.

Les gouvernantes enlevèrent dans leurs bras la petite rebelle, et, en dépit de ses efforts, l'emportèrent rapidement.

Malgré la rapidité avec laquelle se passaient ces évènements, Néridah eut le temps d'apercevoir le regard de haine et de fureur que Karl jetait sur elle. Mais, loin d'être épouvanté, son brave petit cœur s'encouragea davantage dans l'idée téméraire de lutter contre l'homme

néfaste que son père avait amené chez lui dans
un but qu'elle ne devinait pas. Une sorte d'instinct lui disait qu'un grand danger menaçait
John et elle s'imaginait que, du haut du ciel,
sa bonne mère l'avertissait de ne point se laisser intimider.

Elle arriva dans sa chambre dans un état
d'exaltation qui augmentait l'effroi des nourrices.
Mais les peines d'enfant ne durent guère plus
qu'un orage printanier; Néridah ne tarda pas
à s'endormir, aussi calme et aussi souriante que
si rien ne lui était arrivé.

John introduisit le spirite et sa compagne dans
le salon, où un valet venait d'allumer des bougies, en nombre suffisant pour que l'on pût parfaitement juger de la richesse de l'ameublement.

Les tentures étaient en soie rouge, rehaussée
de broderies en or. Les rideaux étaient de même
couleur et retenus par des patères en ivoire
richement incrustées.

Le plancher était garni d'un somptueux tapis
à grandes rosaces, dans lequel le bleu et le blanc
dominaient.

Il y avait deux cheminées, qui se faisaient face
l'une à l'autre et qui étaient décorées de magni-
fiques colonnes en lapis-lazuli.

Les deux foyers, qui se regardaient, étaient en

acier soigneusement poli, que le contact du char-
bon de terre aurait souillé, mais qui n'étaient là
que pour la montre, car un excellent calorifère
entretenait dans la salle une douce température
toujours admirablement réglée.

Les bougies, placées sur des étagères, se ré-
percutaient dans des glaces immenses richement encadrées.

Elles faisaient scintiller la gracieuse silhouette
d'un lustre merveilleux, d'où tombaient des ri-
vières de cristal.

Les moindres meubles étaient encombrés de
curiosités de toute nature, mais toutes du plus
grand prix. Les perles, l'ivoire, les pierres précieuses, les diamants même, étaient prodigués
dans mille bibelots, étalés avec une profusion
inouïe.

Quelques tableaux, dignes certainement de
figurer dans les galeries les plus célèbres, com-
plétaient cet ameublement princier.

Au moment où il introduisit ses hôtes dans
cette pièce, John n'était pas médiocrement embarrassé. Il ne pouvait toujours se défendre d'un
sentiment de dépit et même d'effroi, en songeant
à l'impression que les accusations de Néridah
avaient dû produire sur les deux personnes qui
en étaient l'objet.

Mais il fut surpris d'une manière agréable en voyant que l'attention de Karl et de sa compagne était entièrement absorbée par l'examen de la vaste pièce, dans laquelle ils pénétraient pour la première fois.

Quoique la contenance de Karl et de Mme Jellous ne révélât aucun étonnement de mauvais goût en présence de ces richesses, on pouvait croire qu'ils prenaient plaisir à contempler une collection d'objets si curieux, et que ni l'un ni l'autre n'avaient entendu les paroles que Néridah avait si imprudemment lancées.

Karl et Mme Jellous s'étaient assis nonchalamment sur deux fauteuils, voisins l'un de l'autre et placés près d'un immense guéridon couvert de keepsakes, de livres richement reliés, de photographies et de journaux illustrés.

Après avoir attendu quelque temps que Karl eût fini de feuilleter *le Ciel* de Guillemin et les *Aerials Travels* de Glaisher, John entama la conversation.

« Vous pensez donc, cher maître, dit-il à Karl, qu'il y a un moyen d'expliquer scientifiquement les rapports existant entre les corps et les esprits?... Ce n'est pas que je doute, ajouta-t-il aussitôt; après tout ce que j'ai vu aujourd'hui, le scepticisme est impossible... Cependant je serais bien aise d'avoir des arguments pour fermer la bouche aux incrédules...

— Monsieur Hartley, répliqua Karl d'un ton sentencieux, je m'appuie sur la théorie d'un grand philosophe de ma nation.

— Ce n'est pas celui qui a dit que la force prime le droit? demanda John avec une certaine naïveté.

— En aucune façon; ce philosophe se nommait Leibniz. »

John ouvrit de gros yeux, qui montraient bien que ce nom était prononcé devant lui pour la première fois.

« Il a trouvé, continua Karl sans paraître s'apercevoir de ce mouvement, un moyen d'expliquer le phénomène de l'union de l'âme avec le corps. Il a découvert que cette union a lieu à l'aide d'un troisième principe, qui participe de la nature matérielle du corps et de la nature intellectuelle de l'âme. »

John écoutait avec une attention soutenue.

« C'est ce principe que les médiums sont parvenus à isoler; ils ont trouvé le moyen de le maîtriser, et il n'est autre que le fluide que le magnétisme met à leur disposition.

« Grâce à ce fluide, ils peuvent faire que l'esprit pur prenne une forme tangible, et se mette en rapport avec les êtres vivants qui peuplent la surface de la terre.

— Quelle science admirable ! Comme tout ceci est clair, précis, lumineux ! Ainsi c'est par la grâce de votre Leibniz...

— Non, non, reprit doctoralement Karl ; ce que je vous disais de Leibniz n'était que pour vous faire comprendre la théorie des phénomènes auxquels vous allez assister, si toutefois aucune influence néfaste ne s'y oppose. »

John pâlit en entendant parler d'influences néfastes ; Karl continua :

« C'est le grand Mesmer qui a donné le moyen matériel de réaliser les premiers phénomènes de ce genre. Mais le célèbre Home est, en réalité, le premier médium moderne qui soit parvenu à faire toucher le corps provisoire temporaire d'un Esprit pur, de le mettre à la portée des sens d'un homme vivant ! »

En voyant l'assurance avec laquelle Karl continuait son enseignement, et l'air enthousiaste, respectueux, recueilli de Mme Jellous, John se trouva soulagé d'un grand poids.

« Il en résulte que, sous l'influence d'une conjuration suffisamment puissante, l'adepte peut échanger une poignée de main avec les hommes illustres de l'antiquité la plus reculée, avec

César, Alexandre, Démosthènes, Cicéron ou tout
autre.

— Leur main ! quoi donc ? Pourrais-je, par
exemple, toucher la main de ma pauvre Suzanne ?

— Pourquoi pas ? Rien ne serait plus facile.

— Et serait-il possible de faire cette évocation
ici... dans ce salon, sans aucune préparation spéciale, au milieu des meubles profanes dont nous
sommes environnés ?

— Certainement ; je ne vois aucun obstacle
matériel qui s'oppose à l'accomplissement de ce
désir.

« Quoique votre éducation soit encore bien in-
complète, la bonne volonté pourra vous tenir
lieu de l'expérience qui vous fait défaut en ce
moment.... Cependant, par prudence, pour éviter
un choc trop brusque, pour ne pas vous lancer
sans parachute dans ce monde nouveau, nous la
tenterons plus tard, si vous voulez.

— Plus tard ! s'écria John, dont les yeux bril-
laient d'impatience ; pourquoi pas ce soir ?... à
l'instant même ? Oh ! maître, maître, je vous en
conjure, rendez-vous à mon vœu... sentir dans
ma main la main de ma Suzanne adorée !... Écoutez, le souper ne peut être prêt avant une heure
d'ici et nous aurons tout le temps... Voici encore

un billet de vingt livres sterling pour que l'évocation ait lieu tout de suite.

— Je vous ai dit déjà, monsieur, répliqua Karl avec fierté, mais en prenant négligemment le billet, que tous nos principes s'opposent à ce que nous exécutions des opérations magiques en considération de l'argent que l'on nous donne.

« Je me hâterai, dès demain matin, de me débarrasser au profit d'une bonne œuvre spirite de ce billet de vingt livres.

« Peut-être vais-je commettre une imprudence en cédant dès ce soir à votre impatience.

« Mais je crois avoir résisté assez longtemps pour être chargé seul de toute responsabilité s'il arrive un malheur....

« Monsieur John Hartley, il sera fait comme vous le désirez.

— Que vous êtes bon! s'écria John transporté; faut-il faire allumer le lustre?

— Gardez-vous-en bien! Vous ne devez pas ignorer que les esprits n'aiment qu'une lumière douce et voilée!...

« Les yeux habitués aux ténèbres du tombeau ne sont pas comme les nôtres; ils seraient éblouis là où nous trouvons à peine assez de clarté pour guider nos pas. »

Le médium éteignit lui-même les bougies, sauf une qu'il porta sur la table de jeu; puis, de chaque côté de ce meuble, il disposa un fauteuil. Comme la lumière de la bougie lui semblait encore trop vive, il la couvrit d'un abat-jour, de sorte qu'on ne voyait plus qu'un petit rond lumineux au plafond.

L'aspect de ce vaste salon, tout à l'heure si brillant, était devenu lugubre. John, déjà fatigué par les émotions et les courses de la journée, frissonna involontairement.

Karl le fit asseoir sur un des fauteuils, pendant que lui-même prenait place sur l'autre. Par-dessus la table, il prit dans sa main droite la main gauche de John, et sentit qu'elle tremblait.

« Monsieur Hartley, dit-il, vous paraissez mal à l'aise... Cette évocation, en effet, est une des plus émouvantes que l'on connaisse. Encore une fois, nous ne saurions nous repentir d'avoir attendu quelques jours de plus, tandis que nous pouvons regretter bien amèrement de nous être trop pressés.

— Attendre ! répéta John hors de lui ; je ne veux pas attendre.

— Ma conscience m'oblige pourtant à vous avertir des dangers auxquels vous vous exposez...

— Monsieur Hartley, dit Mme Jellous qui avait pris place sur un canapé à quelques pas d'eux, croyez-en l'expérience de l'illustre maître. Il ne peut ni se tromper, ni tromper les autres. S'il vous dit d'attendre encore, soyez sûr que c'est par prudence et uniquement dans votre intérêt....

— Laissez-moi, madame, répliqua John brusquement. »

S'il n'avait craint de blesser le *maître*, surtout dans un pareil moment, il aurait accompagné sa réponse par quelque déplaisant commentaire.

« Puisque vous êtes si résolu, monsieur Hartley, fit Karl, j'augure bien du résultat de l'expérience... J'ai dû vous prévenir de l'effet terrible qu'elle produit d'habitude; les plus braves en sont bouleversés. Je ne peux moi-même songer sans un frémissement de crainte à ce que j'ai éprouvé la première fois que j'ai senti le contact de la main d'un Esprit.... Mais si vous êtes prêt....

— Je suis prêt! s'écria John avec énergie.

— Soit donc!... Tout à l'heure, lorsque je prononcerai le nom de SUZANNE, en élevant mon bras gauche vers le plafond, vous plongerez sous la table la main droite qui vous reste libre... M'avez-vous bien compris?

— Oui, répondit le nabab qui respirait à peine.

— Maintenant, attention! »

Il y eut un moment de silence. A la faible lueur qui régnait dans la salle, on entrevoyait Mme Jellous, immobile sur le canapé. Le médium était assis, comme nous savons, en face de John, dont il tenait la main gauche dans sa main droite. Bientôt il dit à voix haute, d'un ton lent et solennel et en étendant son bras gauche avec affectation, de manière que John ne le perdît pas un seul instant de vue :

« Esprit tendre et bienveillant d'une femme charmante qui a été ravie à ce monde par un crime, ici se trouve, en face de moi, le mari affectionné que tu as laissé dans ce lieu de souffrance. Daigne accepter la main qu'il va t'offrir, malgré la tombe... M'entends-tu... SUZANNE ! »

Il sembla qu'un oui bien faible, bien timide et cependant facile à distinguer, partait de dessous la table.

John, qui écoutait avec attention, entendit à merveille; ce son lui fit dresser les cheveux sur la tête; une sueur froide couvrit son corps, s'étendant du sommet dégarni du crâne aux talons.

D'un geste désespéré, convulsif, le nabab allongea le bras droit sous la table.

Horreur! Une main glacée toucha sa main brûlante.

Des doigts, de vrais doigts, saisirent, ses doigts crispés.

Le médium avait eu raison de dire que cette expérience était des plus dangereuses. Au premier contact de cette main, qui semblait avoir conservé le froid du sépulcre, John poussa un cri, et tomba à la renverse sur le plancher [1].

Au même instant, un maître d'hôtel, tenant un flambeau à chaque main, parut à la porte du salon et annonça que le souper était servi.

John était encore immobile, la bouche con-tractée, les yeux ouverts mais fixes. L'arrivée de la lumière n'avait produit sur lui aucun effet; évidemment il ne la voyait pas.

Mme Jellous et le médium se précipitèrent à son aide. Karl le souleva doucement, afin de s'assurer si son cœur battait encore, car il était à craindre qu'une secousse aussi violente ne l'eût brisé.

Avec le secours du maître d'hôtel, les deux complices transportèrent le nabab sur un canapé; puis Karl, qui avait eu l'attention de se précau-

1. On trouvera, à la fin du second volume de cet ouvrage, l'explication, fort simple et fort naturelle, de ce fait, qui semble au premier abord inexplicable.

tionner contre les accidents possibles à la suite
de la conjuration, tira de sa poche une trousse
de voyage. Il prit une lancette, et, assisté par
Mme Jellous et par le domestique, il saigna John
au bras avec dextérité.

Le remède fut efficace, et John ne tarda pas
à faire quelques mouvements. Certain désormais
que tout danger immédiat était passé, Karl
banda la saignée et dit au maître d'hôtel du ton
le plus calme :

« Monsieur Hartley a sans doute un médecin?

— Oui, oui, monsieur, répondit cet homme
avec un empressement naïf, c'est son frère, le
docteur Henry Hartley.

— Eh bien! répliqua le médium, faites porter
M. John dans son lit, et prévenez le docteur en
toute hâte.... Nous, ma chère, ajouta-t-il en se
tournant vers Mme Jellous, nous n'avons plus
rien à faire ici. »

La somnambule ne demandait pas mieux que
de battre en retraite au plus vite, car elle comprenait qu'on ne tarderait pas à demander compte
aux deux spirites de l'état fâcheux où ils avaient
mis leur victime ; prenant Karl par le bras, elle
l'entraîna avec rapidité, pendant que tout l'hôtel
était en désarroi par suite de ce tragique évènement.

Au même instant un maître d'hôtel, tenant un flambeau à chaque
main, parut à la porte du salon. (Page 183.)

Mme Jellous était si fortement impressionnée, qu'elle ne s'aperçut même pas qu'avant de franchir le seuil, Karl avait échangé deux ou trois mots rapides avec un homme en livrée et lui avait serré la main.

Mais le sentiment d'avidité, que la peur avait refoulé, ne tarda point à reprendre ses droits dès qu'elle put croire qu'elle était à l'abri des poursuites du docteur Henry, et elle songea avec désespoir à la richissime proie qu'il fallait abandonner.

« Quel malheur ! dit-elle d'un ton larmoyant, que ceci soit arrivé, et que le pauvre M. John n'ait pas eu assez de force et de courage.... maintenant tout est perdu....

« Hélas ! ajoutait-elle, en relevant piteusement sa robe, et en serrant son châle contre son corps, afin de se mieux garantir contre le froid, nous ne reverrons plus jamais le nabab....

« Le docteur Hartley....

— Ne vous inquiétez en aucune façon du docteur Hartley, dit Karl en haussant les épaules.

« Ne vous occupez que d'une chose : obéir scrupuleusement à toutes les instructions que je vous donnerai.

« Désormais le nabab est à nous. Soyez-en
sûre, ma chère Jellous, il nous appartiendra
corps et biens, tant qu'il lui restera un souffle
de vie ! »

CHAPITRE X

Le baguenaudier.

Éveillé, au milieu de la nuit, par un messager qui venait lui apprendre la maladie de son frère, le docteur Henry s'était hâté de se rendre à l'hôtel.

Comme le temps pressait, il ne s'informa que d'une manière sommaire des causes de l'accident, et s'occupa uniquement de donner bien vite au malade les soins indispensables.

Il ne tarda pas à s'assurer que, réellement, il

n'y avait plus aucun danger. La saignée ayant été faite à propos, John avait repris connaissance ; et quelques cuillerées d'une potion calmante lui procurèrent bientôt un sommeil réparateur, que le docteur ne jugea pas à propos de troubler par des questions.

La surprise d'Henry était très grande, mais elle était dominée par la crainte que ces évènements étranges lui inspiraient.

« Ma foi ! pensait-il, je dois convenir que ce pauvre John a été soigné déjà avec intelligence, et si celui qui a tout mené est un coquin, c'est par-dessus le marché un coquin habile et déterminé, dont nous aurons du mal à triompher.... Il faut à tout prix savoir le but de l'intrigue que je pressens, mais dont je ne puis trouver la clef. »

Il voulut passer à l'hôtel le reste de la nuit, pendant laquelle il ne ferma pas l'œil un seul instant. Mais quoiqu'il s'épuisât en conjectures, il ne put découvrir aucune explication plausible de l'accident arrivé à son frère. Dès qu'il fit jour, il commença une enquête sur l'évènement qui déroutait à ce point son expérience, quelque familier qu'il fût avec les *supercheries* des spirites.

Chacun des domestiques fut interrogé à son tour, avec le soin le plus minutieux. Le doc-

teur Henry, on s'en souvient, avait une grande
expérience des choses et des hommes ; son
ton brusque, son regard inquisiteur, impo-
saient à tous ceux qui eussent tenté de dégui-
ser la vérité. Les gens de la maison n'y songeaient
pas ; seulement, ils savaient peu de chose, et il
devenait assez difficile de se reconnaître au milieu
de leurs rapports contradictoires. Il apprit néanmoins que son frère, après l'avoir quitté, était
resté longtemps absent, qu'il n'était rentré que
fort tard, en compagnie d'un gentleman et
d'une dame, et chacun lui raconta qu'il avait,
contre son habitude, gravement malmené la
pauvre petite Néridah. De son côté, le maître
d'hôtel, le seul dont le témoignage offrît un intérêt réel, raconta qu'en venant annoncer le
souper, il avait trouvé le salon plongé dans
une obscurité à peu près complète. Tandis que
M. Hartley demeurait étendu par terre sans
mouvement, le monsieur et la dame semblaient tout effarés. M. Hartley avait été sai-
gné par le gentleman, après quoi le gentleman et la dame s'étaient retirés, avec une
grande rapidité, un peu comme des gens qui
auraient fait un mauvais coup, car ils n'a-
vaient pas songé au souper servi dans la salle
voisine.

. Ces renseignements ne suffisaient pas au docteur pour lui permettre de remonter aux causes de l'évènement accompli; mais, dès que Néridah, dont son oncle n'avait pas voulu qu'on troublât le sommeil, fut venue le rejoindre, elle le mit au courant de détails beaucoup plus significatifs. Elle lui exposa que, dans le monsieur et la dame qui étaient rentrés avec son père, elle avait cru reconnaître des gens qui se trouvaient auprès de John dans la gare, au moment du vol de la montre; qu'en conséquence, elle avait refusé de les embrasser, ce qui avait mis son père dans une colère horrible. D'ailleurs, la montre bien connue de Suzanne avait été retrouvée dans les vêtements de John quand on l'avait déshabillé, d'où l'on pouvait supposer que le monsieur et la dame avaient commencé par voler la montre, et fini par en opérer la restitution.

Le docteur avait écouté d'un air consterné cette partie du récit.

« Hum! dit-il enfin en secouant la tête, s'ils lui ont rendu un bijou de cent guinées, c'est qu'ils espèrent tirer de lui mille fois davantage…. Décidément, chère petite, ton pauvre père est plus malade que l'on ne pense!

— Que dis-tu, oncle Henry? s'écria Néridah alarmée; ne m'affirmais-tu pas tout à l'heure que mon bon père était hors de danger et qu'en ce moment encore il reposait paisiblement?

— Oui, oui, le mal physique est passé, mais c'est l'esprit qui a reçu de rudes atteintes.... Nous aurons beaucoup à faire, ma gentille Néridah, pour ramener mon frère à des idées plus sages, et l'affection qu'il te porte pourra seule peut-être opérer ce miracle. »

John ne tarda pas à s'éveiller. Il paraissait ne plus souffrir, et prétendait ne se souvenir que vaguement de ce qui s'était passé. On lui dit que, la veille, il s'était trouvé subitement malade et qu'on était allé chercher le docteur. Il n'en demanda pas davantage, et accueillit très bien son frère, ainsi que Néridah, dont il semblait avoir oublié l'escapade de la soirée précédente. Du reste, Henry voulait que l'on évitât toute explication jusqu'à nouvel ordre, afin de donner aux facultés de John, qui paraissaient si violemment ébranlées, le temps de se remettre en équilibre.

Lui-même ne quitta pas l'hôtel de toute la journée, au grand détriment de ses autres malades. Il était donc présent lorsque Mary, la servante de Mme Jellous, se présenta avec une carte de MONSIEUR KARL, *médium*, pour demander des nouvelles de M. John Hartley. Henry ne permit pas à cette femme de voir John, et, tortillant entre ses doigts la carte du spirite, il dit à Mary brutalement :

« Annoncez à votre maître qu'il peut se dispenser d'envoyer désormais des messages ici. Je ne sais pas encore tout ce qui s'est passé entre lui et mon malheureux frère ; mais j'en sais assez pour recommander tout particulièrement M. Karl et ses amis au colonel Henderson, le chef de la police.... Maintenant, tournez-moi les talons au plus vite. »

Mary s'empressa de sortir, afin de porter à qui de droit la réponse peu encourageante, mais prévue, du docteur Hartley.

Quelques jours suffirent pour rétablir le malade. Henry était presque à demeure dans l'hôtel, et Néridah ne quittait pas le chevet de son père. C'était elle qui présentait les tisanes à John, qui l'égayait par son babil, lui prodiguait mille petits soins affectueux. A mesure qu'il recouvrait ses forces, la mémoire semblait lui revenir, et il commençait à interroger tous ceux qui l'approchaient. Mais Henry avait donné une consigne rigoureuse ; on ne répondait qu'évasivement à ses questions, on prétendait ignorer ce qu'il voulait savoir, et John se laissait distraire de sa curiosité.

Une chose pourtant le préoccupait d'une manière spéciale : il s'étonnait de n'avoir pas entendu parler de Karl et de Mme Jellous, et finit par soupçonner que, de ce côté, le despotique docteur pouvait très bien avoir fait acte d'autorité. Néanmoins il se sentait encore trop faible de corps et d'esprit pour entamer une lutte, et il résolut d'attendre pour le faire que sa guérison fût complète.

Ce moment arriva ; un matin Néridah, en entrant dans la chambre, trouva son père tout habillé et assis dans un fauteuil. Elle s'élança vers lui et l'embrassa chaleureusement.

« Ah ! cher papa, dit-elle, que je suis contente de te voir sur pieds !... Te voilà donc enfin rétabli ?

— Oui, oui, mon enfant, répliqua John en lui rendant ses caresses ; je suis guéri, grâce à toi et aussi à mon frère.... Je me sens si bien que je veux sortir aujourd'hui. Je vais commander la voiture et, comme le temps est beau, nous irons faire une promenade ensemble au parc Saint-James.

— Que tu es bon ! Quel plaisir de me promener avec toi, après t'avoir vu si malade ! »

Et elle l'embrassa de nouveau.

En ce moment le docteur entra.

« A la bonne heure, dit-il de son ton bourru ;

voilà un père et une fille qui se donnent l'acco-
lade.... Moi, je ne peux avoir la même satisfaction; mon fils Alfred est si loin d'ici... qui sait
quand je le reverrai?

— Pauvre cousin Alfred ! dit Néridah ; restera-
t-il donc toujours dans l'Inde? Je serais bien
heureuse de me retrouver près de lui !

— Il faudra, dit John, que je lui obtienne un
congé de quelques mois, qu'il viendra passer à
Londres.... Nous parlerons ensemble de Suzanne
que j'espère.... de Suzanne qui.... »

Mais, s'apercevant que son frère avait froncé
légèrement le sourcil et semblait le regarder avec
attention, il s'interrompit.

Le docteur gardant le silence, la conversation
tomba pendant quelques instants.

Ce fut John qui la reprit.

« Eh bien ! Henry, dit-il d'un ton gracieux, tu
me trouves en bonnes dispositions ; je vais faire
une promenade en voiture avec Néridah.

— Fort bien, John ; tu le peux sans inconvénient, reprit le docteur, à qui John n'avait pas
donné le change, et qui, flairant quelque extra-
vagance, trouvait qu'il était temps de dire enfin
sa pensée. Toutefois je dois t'avertir que, si tu
te prêtes à des jongleries semblables à celle qui
a failli t'être fatale, tu y laisseras la peau.

— Des jongleries ! je ne te comprends pas.

— Tu dois savoir à quoi je fais allusion, et je ne crois pas nécessaire de t'en dire plus long. Écoute, mon pauvre frère ; les grands malheurs que tu as éprouvés, en ébranlant ton organisation, t'ont rendu faible et crédule comme un enfant. Je te conjure donc de te défier de toi-même. Dans l'état d'esprit où tu es, tu deviendrais aisément la proie de certains intrigants qui convoitent ton immense fortune. »

John écoutait avec patience, et se bornait à lever les épaules en signe d'incrédulité.

Cette taciturnité ne satisfit pas le docteur, qui reprit en s'animant :

« Oui, des intrigants qui convoitent ton immense fortune, et parmi ces intrigants, le plus dangereux de tous est ce M. Karl, dont les manœuvres t'ont mis récemment à deux doigts de la mort....

— C'est lui pourtant, interrompit John en prenant feu tout à coup, qui m'a donné les premiers secours, et tu as reconnu toi-même qu'ils avaient été des plus salutaires... Tiens, Henry, si tu le veux bien, ne parlons pas de Karl, que tu as l'air de ne pas aimer et qui est pour moi un ami, un homme supérieur, un *maître* respecté...

— Parlons-en au contraire, dit le docteur ; j'ai

pris des renseignements sur l'homme que tu appelles ton ami; c'est un odieux charlatan, peut-être même un effronté scélérat.... Ce Karl donne à Londres des séances publiques de somnambulisme et de spiritisme; il est avéré, pour tous les gens intelligents, que ses prétendus prestiges sont des tours d'escamotage, accomplis, il faut l'avouer, avec une habileté rare.

— Assez, mon frère, répliqua John aigrement. Tu ne sais ni de qui ni de quoi tu parles.... Moi qui connais mieux l'illustre médium, j'ai les preuves les plus décisives, les plus éclatantes de son pouvoir... et ce pouvoir est surnaturel.

— Surnaturel! Pauvre John, tu considères comme surnaturel tout ce que tu ne comprends pas, si simple qu'en soit l'explication. »

John fut sur le point de riposter vivement; mais, ne voulant pas blesser son frère quand il venait de recevoir de lui tant de preuves d'affection, il se contint.

Il y eut un moment de silence. Henry fit un signe furtif à Néridah, qui alla prendre, dans un coin de la chambre, un objet de forme singulière qu'elle y avait laissé la veille et qu'elle apporta sans affectation.

« Que tiens-tu là, petite? demanda le docteur avec tranquillité.

— C'est un baguenaudier que mes mamans indiennes m'ont donné pour jouer.... Vois, mon oncle, ces anneaux enfilés dans deux tringles, que l'on a courbées en forme d'U, et qu'on a emmanchées dans deux morceaux d'ivoire.... Il s'agit de séparer les deux poignées.... Essaye donc, oncle Henry.

— Bah! je n'y entends rien, répliqua le docteur après une tentative infructueuse.

— Essaye aussi, toi, cher papa.... Tu as dû voir des baguenaudiers dans l'Inde. »

John, enchanté d'échapper à un sujet de conversation qui le mettait au supplice, prit avec complaisance l'instrument et le retourna en tous sens. Enfin il le rendit à sa fille.

« C'est impossible, dit-il; comment veux-tu que je sépare deux solides poignées réunies par sept anneaux de fer?

— Ainsi, tu y renonces?... En ce cas, tu vas voir. »

Néridah mit en mouvement ses jolis doigts roses avec tant de prestesse et de dextérité, que les anneaux tombèrent les uns après les autres. Au bout de deux minutes, elle montra les boucles d'acier entièrement séparées l'une de l'autre. Puis, comme son père demeurait ébahi, elle remit lestement le baguenaudier dans l'état primitif.

« Voilà des miracles comme on en fait aujour-
d'hui ! dit le docteur avec malice en regardant
son frère ; ils sont à la portée même des petites
filles[1].

« Beaucoup de médiums célèbres ne pourraient
en faire autant, ajouta-t-il en baissant légèrement la voix.

— Mais ce n'est pas tout, cher papa, reprit
Néridah, fière de son succès ; je sais d'autres
tours encore.... Tiens, veux-tu m'attacher les deux
pouces l'un contre l'autre avec ce ruban ? Serre
autant que tu voudras... et tu verras comme je
me débarrasserai facilement de ces liens.

— Eh ! que m'importe ! » dit John avec humeur.

Le docteur, plus complaisant, fit ce que désirait la jeune fille, qui, avec une aisance extraordinaire, dégagea ses pouces aussitôt.

« Allons ! reprit John, en voilà assez de ces enfantillages.

— Tu trouves que ce sont des enfantillages
parce que ces tours sont exécutés par une enfant qui n'a pas la prétention d'appeler à son
aide les esprits, et qui se contente d'employer
avec une grâce charmante la dextérité que lui
a donnée la nature. Mais tu changerais de lan-

1. Voyez la note à la fin du volume, où l'on donnera les détails
nécessaires pour que ce tour puisse être exécuté.

C'est un baguenaudier. (Page 199.)

gage s'ils t'étaient présentés par des coquins,
soutenant qu'une puissance surnaturelle vient
à leur aide... »

Ivre de son succès, Néridah s'esquiva toute
rayonnante, après avoir échangé avec son oncle
un coup d'œil que John ne pouvait apercevoir,
mais qu'il devina sans doute, car il devint plus
sombre et plus soucieux après la sortie de l'enfant.

« Ah çà! reprit Henry en se rapprochant de
son frère, n'as-tu point entendu parler de ces
deux charlatans les frères Davenport, qui se faisaient enfermer dans une armoire après avoir
été ficelés de manière à ne pouvoir bouger? Ils
prétendaient que les Esprits venaient, dès que
la porte était fermée, faire un charivari infernal
avec les guitares et les cymbales qu'on avait
suspendues au-dessus de leur tête.

— Eh bien, oui, j'ai entendu parler de ces merveilles par des gens qui y ont assisté, et qui ex-
posaient avec enthousiasme le spectacle dont ils
avaient été témoins! Quand on ouvrait la porte,
on retrouvait les deux spirites dans la position
qu'on leur avait donnée. Les cachets, que les
spectateurs avaient eux-mêmes apposés sur les
cordes, afin de constater matériellement que
les nœuds n'avaient point été défaits, demeu-

raient intacts. Les deux spirites n'avaient donc
pu faire un mouvement, et cependant les guitares et les cymbales avaient joué toutes seules.
On avait même aperçu, par un espace ménagé exprès au-dessus de la porte, des mains célestes...

— Tu es archi-fou, mon pauvre John, et les
gens qui t'ont farci la cervelle de toutes ces
chimères, ont soigneusement omis de te rapporter la fin de l'histoire..... La catastrophe
grotesque qui a interrompu les manifestations
de ces Esprits tout-puissants... ils se sont bien
donné garde de t'en souffler un traître mot.

— Oui, des calomnies grossières, que tu prends
plaisir à colporter...

— Des calomnies, mon cher John ! mais lis
donc cet article du *Times* que j'ai gardé pour te
le mettre sous les yeux... »

En disant ces mots, le docteur tira de son porte-
feuille un morceau du grand journal soigneusement coupé. On y racontait, avec grands détails,
qu'on avait omis de fermer un panneau de l'armoire, contre lequel un spectateur s'était appuyé
à dessein pour faire croire qu'il était déjà ver-
rouillé.

Au moment le plus intéressant, quand le charivari était à son comble et qu'on voyait les mains
des Esprits voltiger dans l'air, la personne qui

se tenait tout contre l'armoire s'était écartée, la porte s'était ouverte, et l'on avait vu les deux escamoteurs debout, agitant avec frénésie dans l'espace les mains que des compères ou des dupes attribuaient à des Esprits [1].

Quand on s'était précipité sur les Davenport, on les avait déjà trouvés rattachés ; en un clin d'œil, ils avaient fourré leurs poignets dans les nœuds, que les cachets servaient à maintenir intacts, et qui leur allaient *comme un gant*.

Mais le public avait si nettement vu leurs manœuvres, qu'on s'était fâché, qu'on les avait battus et chassés à coup de pied... Toutes leurs guitares avaient été brisées.

« Je ne veux pas lire..., dit John dont la colère grondait. Car je vois maintenant que tu avais monté ton coup, organisé ton attaque et donné le mot à cette petite impertinente qui a disparu en riant. Mais tu auras beau ramasser dans les journaux toutes les sottises qui traînent contre le spiritisme, tu ne parviendras jamais à me faire croire que mon ami Karl n'est qu'un escamoteur.....

— Admettons, dit Henry, que ton Karl n'ait pas été un des deux drôles qui ont été traités comme

1. Voyez la note à la fin du volume.

ils le méritaient dans cette bagare... Il me semble
qu'il donne des séances publiques et que c'est
un escamoteur patenté....

S'il donne des séances publiques en effet à
Egyptian-Hall, c'est uniquement afin de faire la
propagande des principes sacrés du spiritisme.
C'est vous qui l'y forcez, messieurs les docteurs,
avec les subtilités de votre science, et vous venez
lui faire un crime d'une compromission que
vous avez rendue nécessaire? Voilà qui est
habile.

— Corbleu, reprit Henry piqué, est-ce que vous
apprenez par cœur les raisonnements ineptes de
ce pendard, de ce gibier de potence?

— Henry, interrompit John péremptoirement,
je ne peux te laisser continuer de la sorte.... Je
te le répète, Karl est mon ami, et l'attaquer,
c'est m'attaquer en personne.... Déjà, d'autre
part, j'ai à me plaindre de toi.... Tu as jugé à
propos de renvoyer des messages qui s'adressaient à moi, chez moi.... comme si tu voulais
me séquestrer.

— Ah ça! devais-je donc permettre à ce vil
charlatan et à sa misérable associée....

— Paix! encore une fois.... Si Karl n'est à tes
yeux qu'un charlatan, il est aux miens un homme
supérieur, digne d'admiration et de respect. Je

ne parle pas à la légère, et il m'a donné des
marques telles de son pouvoir surprenant, que
rien ne saurait me les faire oublier.

— Ses tours de passe-passe qui ont failli te
causer une attaque d'apoplexie !

— Enfin, je prétends être maître chez moi....
En conséquence, je vais écrire à M. Karl pour le
remercier de l'intérêt qu'il me porte, des services
qu'il m'a rendus, et l'engager à venir me voir.

— Alors tu trouveras bon que je ne m'expose
pas à rencontrer ici un pareil individu, et que je
m'abstienne d'y venir désormais.

— Comme tu voudras.

— Fort bien, dit le docteur furieux en prenant sa canne et son chapeau; adieu, John!....
Les coquins te font déjà oublier que tu as un
frère; puisses-tu te rappeler du moins que tu as
une fille ! »

Et il sortit brusquement, en faisant claquer les
portes derrière lui.

Comme nous le verrons bientôt, le brave docteur avait pris un bien mauvais moyen pour
lutter contre la folie de son frère. Mais, doué
d'un esprit vif et impétueux, il était incapable
de garder les ménagements nécessaires pour ne
pas révolter l'amour-propre des gens qu'il voulait convaincre.

A peine eut-il fait quelques pas dans la rue,
qu'il commença à se rendre compte de la mala-
dresse qu'il avait commise en se laissant aller à
un moment de vivacité. Mais il était trop tard,
amour-propre à part, pour revenir sur ce qui
était fait. Enchanté d'être débarrassé de la cen-
sure de son frère, John n'aurait pour rien au
monde abandonné l'avantage que lui donnait
cette sortie inattendue.

CHAPITRE XI

Le complot.

Malgré son indifférence apparente, John Hartley était trop profondément affecté de sa brouille avec son frère, pour ne pas chercher des consolations auprès de sa fille. Aussi se fit-il accompagner de Néridah dans sa promenade, et il lui montra tant de complaisance, tant de tendresse qu'elle revint enchantée de cette partie.

John lui-même s'en trouva très bien, et sa gué-

rison fit des progrès rapides. Quand quelques
jours se furent passés sans que le docteur Henry
eût reparu à l'hôtel, Néridah eut l'idée de s'en
plaindre.

« Cher papa, demanda-t-elle, pourquoi donc
mon oncle Henry ne vient-il plus ?

— Eh ! parbleu ! répliqua John brusquement,
parce que je n'ai plus besoin de médecin.

— Mais tu as besoin de ton frère, et autrefois
nous le voyions presque tous les jours.

— Eh ! si tu veux le savoir, il ne reviendra
pas... Il faut en prendre ton parti.

— Il ne reviendra pas ! répéta Néridah dont
les yeux se remplirent de larmes.

— Non... il me l'a signifié formellement, c'est
sa volonté ; il est libre, et nous n'y pouvons
rien.

— Mon bon oncle Henry ! Moi qui l'aimais
tant !... Avec mes mamans indiennes, il était
mon seul ami à Londres.

— Vous avez votre père, mademoiselle, répondit sèchement John, et cela doit vous suf-
fire. »

Néridah, déconcertée par cette sévérité, se hâta
de regagner sa chambre pour donner libre cours
à ses larmes.

« Au nom de Brahmah, qu'y a-t-il donc ! deman-

dèrent les Indiennes en la voyant revenir tout
en pleurs?

— Avez-vous rencontré sur votre route quelque
mauvais génie, pauvre petite? » murmura Tata
au cou de laquelle Néridah s'était jetée.

Quoiqu'elles ne pussent tirer de l'enfant une
seule parole d'éclaircissement, les deux Indiennes
se mirent à pleurer

Le chagrin de leur jeune maîtresse les pénétrait
d'une douleur sincère, et elles se répandaient en
gémissements.

« O ma mère, dit la petite en s'agenouillant
au pied de son lit dès qu'elle fut rendue à elle-
même, je sens que quelque grand malheur me
menace, car, je ne peux en douter, mon père ne
m'aime plus.

« Il faut qu'un serpent invisible l'ait mordu au
cœur, et lui ait fait une blessure plus cruelle encore que celle d'une cobra !

« Je n'ai plus près de moi mon cher oncle que
mon père a banni de sa présence, mon cousin
Alfred est dans l'Inde, mes deux mamans indiennes ignorent l'usage de la langue dont se sert
ici.

« Tout me manque, même mon beau soleil des
Nilghéries.... Il ne me reste d'autre ressource
que de m'adresser à toi.... et au grand Dieu

qui veille sur les orphelines.... Qu'il veille sur moi.... car je serais bien à plaindre si, en voyant mon père me haïr, je cessais malgré moi de l'aimer.... »

Un peu rassérénée par cette touchante prière, Néridah ne tarda pas à rejoindre ses bonnes et affectueuses nourrices, qui essayèrent de la consoler à force de caresses.

Pendant que cette scène se passait dans la somptueuse demeure du nabab, Mme Jellous et le médium Karl se trouvaient tous deux en tête-à-tête dans le sous-sol de la maison de Nelson-square, qui était le quartier général de l'association, et rarement une activité pareille avait régné dans cette espèce de laboratoire ou d'atelier secret.

C'était une pièce assez vaste et un peu humide; elle occupait la partie ordinairement consacrée, dans les maisons anglaises, à la cuisine, dont les deux associés ne faisaient qu'un usage peu fréquent. Une petite construction en briques, placée dans le fond de la cour, permettait à Mary d'exercer ses talents de cordon bleu, quand elle en avait par hasard l'occasion, et nous le répétons, ces occasions n'étaient pas communes.

Le jour descendait dans le laboratoire par la

grille donnant sur le square, et les objets dispa-
rates dont cette salle était pleine y prenaient un
aspect des plus étranges.

Karl ne dédaignait pas de faire passer la
muscade, comme le plus vulgaire escamoteur, et dans un coin on voyait une collection
de gobelets, dont le médium se servait quelquefois pour préluder à des exercices plus sé-
rieux.

Sur un angle de la cheminée il y avait une
série de jeux de cartes, soigneusement rangés, dont la plupart étaient marqués ou bi-
seautés. Ils étaient séparés par des fiches in-
diquant le genre de préparation qu'on leur
avait fait subir pour permettre de gagner à
coup sûr [1].

Sur une chaise était empilée une collection de
questions romaines, italiennes, russes et chinoises, que Mme Jellous avait appris à résoudre
d'une façon élégante et rapide, et que son *maître*
étudiait à fond pour y découvrir le principe de
quelque *truc* nouveau.

A un clou pendait une guirlande d'anneaux magiques; le grand Karl les maniait avec
une proverbiale dextérité, et il en faisait fré-

---

1. Voyez la note à la fin du volume.

quemment usage en commençant ses séances.

Il y avait dans un coin une paire de brodequins fort élégants, mais excessivement lourds, car ils avaient une semelle en fer, de l'épaisseur d'un doigt.

A côté se trouvaient un tambour de zouave et plusieurs bocaux en verre d'une forme toute particulière que Karl avait inventée pour faciliter le tour des poissons.

Madame Jellous travaillait à coudre une magnifique robe de velours, destinée à habiller un automate que Karl était en train de dresser. Il avait à la main un masque d'une matière qui ressemblait à de la cire.

Il s'approchait et s'éloignait alternativement du soupirail par lequel tombait la lumière.

« Monsieur Karl, lui dit Mme Jellous tout en enfilant une garniture de perles, je ne comprends pas ce que vous avez à regarder avec tant d'attention à travers la figure de « Zoé », — c'est le nom de notre joueur d'échecs, je crois, — le jour qui commence à baisser.... Voulez-vous que j'allume le bec de gaz ?....

— Gardez-vous-en bien, car cette pièce est la plus importante de tout le mannequin. Il faut qu'elle soit assez transparente pour que le compère, qui sera dans l'intérieur, puisse voir

ce qui se passe [1].... Mais en même temps il
faut qu'aucun des spectateurs ne puisse se
douter qu'il y a quelqu'un enfermé là dedans. »

En disant ces mots, Karl montrait le piédestal
qui devait servir au corps de « Zoé ».

« Enfermé là dedans? » dit Mme Jellous en
levant les épaules et avec un sourire d'incrédulité. Maître, vous êtes bien habile, je vous ai
vu faire des tours admirables.... Mais jamais
vous ne parviendrez à faire tenir quelqu'un
là dedans. Il faudra ouvrir cette boîte pour que
le public s'assure qu'il n'y a personne de
caché.

— Eh bien, reprit tranquillement le grand
Karl, pendant qu'on regardera par ce trou pour
voir s'il y a quelqu'un dans la boîte, le compère
se blottira dans la tête, en ramenant derrière lui
cette plaque qui formera le plafond. Puis, quand
l'inspection sera terminée, il fera glisser sa plaque dans cette rainure. Elle lui servira de siège.
A travers le visage de l'automate il verra ce qui
se passe au dehors. Alors avec des ficelles il
fera mouvoir les bras pour prendre les pièces et
faire sa partie. Quand même il perdrait, pourvu

1. Ce tour, qui excite l'étonnement, est exécuté d'une façon
très simple, que nous expliquerons.

qu'il joue à peu près suivant les règles, je
suis sûr que nous aurons un brillant succès... »

En disant ces mots, Karl plaça délicatement le
masque sur la table, et arpenta le laboratoire,
d'un air satisfait.

« Voilà qui est certainement admirable, dit
Mme Jellous, mais....

— Ah ! des mais, toujours des mais, vous
devenez sceptique en diable, ma chère Jellous. Voyons, ajouta - t - il en s'arrêtant devant son associée , voyons quels sont ces
mais....

— Il est possible que je soie devenue folle,
grâce à la peur que vous m'avez faite l'autre
jour; mais je ne peux comprendre où votre
compère mettra ses jambes pendant qu'il se ré-
fugiera dans la tête de « Zoé » pour permettre
l'inspection. Il aura beau être désossé et se
blottir tout contre les parois sans autre air
pour respirer que celui qui lui viendra par ces
petits trous, ses jambes....

— Ses jambes... ses jambes! dit Karl en riant
d'un gros rire; mais, ma chère, ce qui fait
le beau de l'affaire, c'est qu'en fait de jambes il n'en aura pas. C'est sur un compère
cul-de-jatte que j'ai mis la main. Voilà ce

qui m'a donné l'idée de monter cette pièce. »

Nous renoncerons à peindre l'étonnement de Mme Jellous; elle ne revient de sa surprise que pour combler Karl de compliments.

Karl parut pendant quelques instants savourer ces éloges.

Enfin il reprit :

« J'ai tort de m'occuper si longtemps de ces bagatelles, car j'ai dans la tête des pensées bien autrement sérieuses et graves que la construction de « Zoé ».

— Bagatelles tant qu'il vous plaira, Karl, répliqua Mme Jellous en prenant soudainement un air triste, maussade, préoccupé; il n'est pas moins vrai que ces « bagatelles » nous rapportent de belles et bonnes guinées!

— Bah! fit Karl avec dédain; nos frais de location, d'éclairage, de préparation, emportent le plus net des bénéfices... Je suis las de ces misères et je rêve un de ces coups de fortune qui rendent riche à jamais.

— Oh! oh! à qui en avez-vous donc, cher maître? demanda-t-elle du ton d'une femme qui connaît que trop bien à l'avance la réponse qu'on ne lui fera.

— Toujours au nabab... à ce nigaud de John Hartley... Savez-vous, ma chère, qu'il a près d'un

million de revenu? Un million de revenu, » ré-
péta-t-il en appuyant sur ce chiffre.

Mme Jellous secoua la tête.

« C'est possible, répliqua-t-elle; mais nous
ne reverrons jamais le nabab, j'en ai peur. »

En voyant l'air contristé et morose de sa complice, le visage de Karl s'illumina.

« Et moi, je suis sûr du contraire, dit-il; j'ai
produit sur lui avec la main de Suzanne un
effet trop puissant pour qu'il m'oublie jamais...
Il a mordu à mon hameçon et s'est pris à ma
ligne... Il a beau s'agiter, se débattre, plonger
jusqu'au fond, je le tiens, vous dis-je, et je le
tirerai de l'eau quand il me plaira, pour le faire
frire dans notre poêle.

— Cependant, depuis la soirée dont il s'agit
vous n'en avez plus entendu parler; il se
moque aujourd'hui de vous. Il ne vous a pas
donné signe de vie.

— Qu'importe ! il est encore convalescent ;
d'ailleurs, la secousse a été si rude !... Mais certainement il pense à nous, autant au moins que
nous pensons à lui... Vous verrez, vous verrez! De
mon côté, je ne suis pas resté inactif, et j'ai préparé mes batteries. Le hasard m'a fait découvrir
un auxiliaire précieux dont je compte tirer le meilleur parti pour l'exécution de mes grands projets.

— Un auxiliaire! qui donc?

— Un domestique de l'hôtel, qui est venu de l'Inde avec le nabab et qui connaît dans les moindres détails toute l'histoire de son maître. Il est Écossais de naissance, et, après avoir passé dans l'Inde à la suite d'un haut fonctionnaire, il est entré au service de John Hartley, à l'habitation des Nilghéries. Il s'y trouvait lors de la naissance de Néridah et il s'y trouvait aussi lors de la mort de Suzanne Hartley, qui a péri par la morsure d'un serpent. Cet homme m'a fourni les plus minutieux détails sur son maître et la famille de son maître. Il m'a particulièrement appris sur cette pécore de petite fille des choses de la plus haute importance.

— Comment avez-vous pu, mon ami, décider un domestique de grande maison à vous faire des confidences de ce genre?

— Je ne les ai pas sollicitées, madame, répliqua Karl avec hauteur; je vous répète que le hasard a tout fait. Davy, ainsi se nomme ce domestique, a vu dans l'Inde les tours merveilleux des jongleurs hindous, et s'est pris ici d'une belle passion pour le spiritisme. Il ne manquait aucune de nos séances à Egyptian-Hall et avait cherché plusieurs fois à m'aborder; je l'avais évincé, comme je fais de tous les imbéciles dont je n'ai rien à tirer.

Mais, le jour où M. John Hartley nous a amenés chez lui, Davy était dans le vestibule avec d'autres domestiques, et il nous a reconnus sur-le-champ. Quand nous sommes sortis, un peu trop précipitamment peut-être pour notre dignité, vous pouvez vous souvenir de m'avoir vu échanger avec lui quelques mots à voix basse. Je l'ai engagé à venir chez moi m'apporter des nouvelles de son maître, et il s'est empressé, dès le lendemain, de se rendre à cette invitation. Il est revenu plusieurs fois, et par lui je sais, non seulement ce qui se passe actuellement dans la maison, mais encore toutes les anciennes histoires qui se rattachent à la famille Hartley. Il vient de m'apprendre que M. John s'est brouillé avec son frère le docteur, et c'est une circonstance favorable pour nous, car le docteur me semble passablement coriace, et il a eu l'insolence de nous menacer du colonel Henderson, chef de la police de Londres...

— Hum! hum! dit Mme Jellous avec inquiétude, je n'aimerais pas que le colonel Henderson se mêlât de nos affaires... Vous êtes peut-être un peu trop hardi, mon cher Karl!

— Et vous trop poltronne, ma chère Jellous, répliqua le médium; laissez-moi faire, et bornez-vous à me donner l'assistance dont je pourrai

avoir besoin... Je vous répète, ajouta-t-il en s'animant, que ce John Hartley possède une fortune
d'un million sterling, et il faut que nous ayons
dans cette fortune une part de lion, s'il nous est
impossible de l'avoir tout entière...

— Y pensez-vous, Karl? M. Hartley a une fille,
qui est charmante, et dont il raffole d'autant plus
qu'elle lui rappelle la mère, cette Suzanne qui
occupe encore toutes ses pensées.

— Sa fille, cette petite Néridah! s'écria Karl
dont la figure prit une expression haineuse; je
la briserai comme verre, quand je voudrai... Il
le faut du reste, car elle gêne mes projets. La
misérable enfant a cent fois plus de bon sens
et de perspicacité que son père; et puis elle
nous a reconnus dans la gare, et vous vous sou-
venez du mortel embarras où elle nous a jetés,
lorsque nous l'avons revue chez elle.... Il faut
donc écarter cet obstacle, et je l'écarterai; Davy
m'en a fourni les moyens sans le savoir, car
celui-là encore est si bête qu'il ne soupçonne en
rien le rôle que je lui fais jouer... Oui, je n'ai
aucun ménagement à garder avec Néridah Hartley... J'entends qu'elle nous cède la place et, au
besoin, ce sera son père lui-même qui la chassera de sa maison! »

Mme Jellous regardait le spirite avec stupeur.

« Patience! ma chère, poursuivit-il en son-
riant de nouveau; vous serez étonnée vous-même
de la grandeur de mes combinaisons... Préparez-
vous à les seconder, et fiez-vous à moi pour le
reste, car j'ai mon plan !

— Bien, bien, maître, répliqua timidement
Mme Jellous; je vous obéirai comme toujours...
Je ne vous cacherai pas néanmoins que ces combinaisons hardies me font peur... Et puis, encore
une fois, il n'est pas sûr que M. John Hartley
revienne à nous.... »

Comme elle prononçait ces mots, on entendit
le bruit particulier que produisait la porte de
la rue en s'ouvrant, et, quelques minutes après,
on vit entrer Mary portant une lettre sur une
assiette en porcelaine, à défaut de plat d'argent.

« Pour M. Karl, dit-elle; un domestique attend la réponse. »

Karl s'empara de la lettre. A peine y eut-il jeté
un regard, qu'il s'écria, en se retournant vers
Mme Jellous :

« Quand je disais !... c'est de *lui*... Ne connaissant pas ma demeure personnelle, *il* m'écrit chez
vous... D'ailleurs, la lettre s'adresse à vous
comme à moi. Lisons ensemble. »

Cette lettre était conçue ainsi :

« Cher et puissant maître,

« Vous savez que j'ai été malade — car vous
« savez tout; — mais, grâce aux premiers soins
« que j'ai reçus de vous à la suite d'une violente
« émotion, mon indisposition est passée et je
« peux revenir à mes amis.

« Je serais donc bien heureux si vous consen-
« tiez, ainsi que l'aimable Mme Jellous, à dîner
« ce soir avec moi. Après le dessert, nous
« pourrions reprendre les évocations, qui me
« tiennent tant au cœur et que j'ai hâte de voir
« continuer. J'ai fait préparer dans mon hôtel
« une pièce tranquille et bien close, où nous ne
« courrons pas le risque d'être dérangés et où
« les Esprits, auxquels vous commandez, de-
« vront se plaire. Du reste, si la séance se pro-
« longeait, vous n'auriez pas à craindre de ren-
« trer trop tard chez vous, car je vous offrirais
« une chambre pour vous et une pour Mme Jel-
« lous.

« Acceptez mon invitation, illustre maître, je
« vous en conjure, et usez de votre influence
« sur votre amie afin de la décider à vous accom-
« pagner. Si vous ne repoussez pas ma prière,
« dites *oui* au domestique qui vous remettra
« cette lettre, et ce soir, à six heures, une de

« mes voitures ira vous attendre à la porte de
« Mme Jellous.

    « Recevez, cher et illustre monsieur, l'expres-
«. sion des sentiments d'admiration, de respect
« et de reconnaissance avec lesquels je suis,

            « Votre tout dévoué serviteur,
                « JOHN HARTLEY. »

Les deux associés finirent en même temps de
lire cette épître.

    « Hein ! ma chère, dit Karl triomphant, avais-
je raison d'affirmer...

    — Vous êtes toujours le maître ! » répliqua
Mme Jellous avec humilité.

    « *Il* veut une séance ce soir, ajouta Karl en
se parlant à lui-même, j'aurai bien peu de temps
pour préparer...

    « Ne faut-il pas remettre à demain notre ren-
trée? Mais qu'est-ce que ceci ? »

  En retournant machinalement la missive, le médium venait de découvrir, entre la première et la
seconde feuille, un papier soyeux dont elle
ne disait pas un mot.

Mme Jellous reconnut tout d'abord la nature
de ce précieux papier dont elle avait trop rarement le plaisir de posséder des échantillons.

Elle pousse un cri de joie.

« C'est, dit-elle, une bank-note de cent livres ! (deux mille cinq cents francs.) »

Karl n'avait pas besoin de cette explication. Il sourit et, pliant en quatre le billet de banque, il le glissa dans sa poche.

« Vous prétendiez que la lettre était pour nous deux ! » dit la somnambule avec un mélange d'ironie et de regret.

Sans desserrer les dents, Karl se tourne avec affectation vers la servante qui attendait des ordres :

« Mary, dit-il, annoncez au domestique de M. Hartley que Mme Jellous et moi nous acceptons avec plaisir l'invitation de son maître. »

Mary sortit aussitôt pour remplir cette commission.

« Karl, dit Mme Jellous, qui comprend qu'il serait inutile d'insister en ce moment sur le partage de ce butin inattendu, n'eût-il pas été plus poli d'écrire un mot à un homme qui fait si loyalement les choses ?

— Je ne veux pas gâter le nabab par trop d'égards ; laissez-moi faire ; je saurai observer toutes les nuances... Je lui en donnerai de la politesse, pour ses cent livres sterling. Eh bien ! ma chère, poursuivit le spirite en se frottant les mains, nous allons, ce soir même, commencer la grande partie, et mes pressentiments me disent que nous la gagnerons...

— Voulez-vous que je fasse une patience, dit Mme Jellous avec empressement.

— Une patience, pour deviner l'avenir? Non, non je n'en ai pas besoin, mes pressentiments ne me trompent jamais. Du reste, nous n'avons point une minute à perdre si nous voulons être prêts à l'heure, et l'exactitude est la politesse des spirites, ajouta-t-il en se rengorgeant, des spirites ces rois de la pensée.

« Car nous régnons d'une façon absolue sur tous les esprits simples qui ont confiance en notre sagacité. Nous sommes comme des bergers qui auraient des troupeaux humains...

« Et quelques-uns de ces moutons nous persécutent pour venir d'eux-mêmes placer leur laine sous nos ciseaux. »

Les deux associés Mme Jellous et Karl se mirent alors à causer à voix basse en s'entretenant avec une excessive animation, après avoir allumé le bec de gaz et remué un grand nombre d'objets bizarres, dont quelques-uns seulement furent mis à part et soigneusement examinés.

Il ne s'agissait pas d'une mince affaire, puisqu'il fallait improviser en moins de deux heures

Ils montèrent dans ce riche équipage. (Page 229.)

la *séance de rentrée;* c'est ainsi que Mme Jellous désignait gaiement la soirée.

Le résultat de cette préparation parut satisfaire entièrement la spirite, qui avait l'air radieux en montant dans sa chambre avec une rapidité dont on ne l'aurait pas crue capable.

Karl, tenant à la main les quelques objets qu'il devait porter sur lui, alla de son côté faire ses derniers préparatifs.

A six heures du soir, une superbe voiture, avec laquais poudrés et galonnés, vint stationner à la porte. Karl et sa compagne, lui vêtu avec l'élégance d'un gentleman, elle en robe de velours noir, montèrent dans le riche équipage au vu de tous les gens du quartier qui s'étaient mis aux fenêtres. Mme Jellous avait au bras un petit sac brodé, contenant le matériel indispensable pour forcer les plus puissants esprits à se manifester aux yeux d'un nabab qui donnait de si brillantes espérances.

En quelques instants le fringant attelage amena à l'hôtel le médium et Mme Jellous. John vint au devant d'eux dans le vestibule ; il leur fit l'accueil le plus cordial et le plus respectueux à la fois.

Comme l'on se dirigeait vers le salon, Karl échangea avec un domestique qui se trouvait sur son passage un clignement d'yeux dont Mme Jel-

lous s'aperçut, mais elle resta si impassible que
le spirite ne put deviner qu'elle avait saisi ce
mouvement significatif.

Sentant le besoin de désigner à sa complice le
compère inconscient qui pouvait jouer un grand
rôle dans certaines circonstances, Karl lui glissa
dans le tuyau de l'oreille ces deux mots : « *C'est
Davy !* [1] »

1. Voyez la note à la fin du volume.

CHAPITRE XII

L'ardoise.

John, en attendant que le dîner fût servi, introduisit ses hôtes dans le beau et vaste salon que
nous connaissons déjà. Mme Jellous recevait
d'un air pénétré les égards que lui prodiguait
le maître de cette riche demeure, tandis que Karl,
en homme habitué à de pareils hommages,
affectait une indifférence qui frisait presque
l'impertinence.

Mme Jellous demanda d'un ton mielleux :

« Ah çà ! monsieur Hartley, ne verrons-nous pas aujourd'hui votre charmante fille, miss Néridah ?

— Miss Néridah est comme toutes les petites filles, il est difficile d'obtenir qu'elle soit prête à l'heure.

— Les mamans indiennes la gâtent et font toutes ses volontés. Mais elle ne saurait pas tarder à nous être amenée. »

Mme Jellous allait continuer sur ce ton au grand déplaisir de Karl, qui, plus clairvoyant que sa complice, ne craignait rien tant que la présence de l'enfant.

Mme Jellous allait répondre, quand le médium, lui coupant la parole, et se tournant vers le nabab :

« Vous tenez donc beaucoup, cher monsieur Hartley, dit-il, à être mis ce soir même en rapport avec les Esprits ?

— Oui, oui, maître ; je ne saurais vous exprimer l'impatience qui me dévore !... Depuis que j'ai retrouvé ma femme, depuis que j'ai touché sa main, — cette main glacée que je crois encore sentir sur la mienne ! — je n'ai plus qu'une idée, qu'un désir, qu'une espérance, c'est de me trouver de nouveau en rapport avec ma bien-aimée Suzanne, c'est de faire un pas nouveau....

— La première épreuve a failli pourtant vous

être funeste, monsieur Hartley; qui sait si une seconde tentative, faite d'une façon prématurée, ne vous coûtera pas plus cher encore ?

— Je crois pouvoir répondre de moi cette fois ; je me suis fortifié contre les émotions, en m'exerçant à me modérer pendant ma maladie. Il me semble que maintenant je supporterai, en vrai spirite, les scènes les plus écrasantes.

« Je ne suis plus le même qu'avant cette terrible épreuve. Les souffrances et les réflexions m'ont aguerri.

« Mon éducation spirite a été complétée plus que vous ne le pensez par les combats que j'ai été obligé de livrer, sans autre secours que le souvenir des merveilles auxquelles j'ai assisté ; mais elles ont produit sur mon âme une impression si profonde, que je ne regrette en rien les souffrances dont elles ont été suivies.

« Ah ! vous auriez confiance en moi; si vous saviez les sacrifices d'affection que j'ai été obligé de faire.... »

En prononçant ces dernières paroles, le malheureux laisse échapper un profond soupir.

« Que savez-vous si l'Esprit de Suzanne ne vous fera pas des révélations imprévues, tellement importantes, que d'autres sacrifices plus pénibles deviendront nécessaires?

— Je suis prêt; vous dis-je! prêt à tout!!

— Soit donc, répliqua Karl en soupirant; mo[n] affection pour vous me fera braver les obsta cles... Mais, avant qu'on se mette à table, n[e] pourriez-vous me montrer la pièce où vous sou haitez que se fasse l'évocation? L'orientation es[t] chose sérieuse en pareil cas.

— Venez par ici. »

John fit traverser à ses hôtes une enfilade d[e] salles et les introduisit dans une espèce de peti[t] salon, richement meublé et tendu en étoffes d[e] l'Inde, dont les fenêtres étaient matelassées pou[r] en défendre l'accès au bruit et au froid.

En entrant dans ce véritable boudoir, Karl fi[t] un signe imperceptible à Mme Jellous, comm[e] pour l'avertir d'être attentive, et il s'approch[a] nonchalamment des fenêtres donnant sur des jar dins.

« L'orientation est bonne, dit-il, très bonn[e]; néanmoins je ressens ici une sorte de malais[e] étrange, comme s'il régnait une influence enne mie.

— Et moi de même, ajouta Mme Jellous; je ne sais à quoi attribuer l'oppression que j'éprouve...

Car véritablement je ne suis pas à mon aise.... »

Et la spirite s'approche de la fenêtre comme si elle cherchait à mieux respirer.

« On dirait que cette chambre est habitée ordinairement par une personne dont le fluide est *répulsif* », reprend Karl après avoir réfléchi pendant quelques instants.

Puis se tournant vers John qui ne cherche point à dissimuler sa surprise :

« Pourriez-vous me faire savoir à quoi sert cette pièce habituellement.

— Mais c'est le salon de Néridah, répondit John ; les maîtresses les plus instruites de Londres y viennent chaque jour donner à ma fille des leçons de grammaire, d'histoire et de géographie... Comme cette enfant, qui est née dans l'Inde, se montre extrêmement frileuse, on a pris les plus minutieuses précautions pour la préserver contre l'air glacial de la Grande-Bretagne... Il me semblait que nous serions très bien ici, car nous nous trouvons parfaitement à l'abri des indiscrétions du dedans et du dehors. »

Karl semblait pensif.

« Je me doutais, dit-il en parlant comme à lui-même, que l'enfant avait dû séjourner assez longtemps ici !

— Le fait est, s'écria Mme Jellous, que j'ai

reçu comme une secousse en pénétrant dans ce
salon...

— Êtes-vous bien sûre, ma chère madame Jellous, d'avoir ressenti une semblable impression ?
répliqua Karl avec la gravité d'un juge d'instruc-
tion faisant une enquête.

« Je ne peux avoir le moindre doute, et ce
que M. Hartley vient de nous dire ne fait que de
me confirmer dans ce que je soupçonnais.

« Ne vous rappelez-vous pas avec quel air effaré
Mlle Néridah s'est retirée quand, séduite par sa
grâce et sa beauté, je cherchais à l'embrasser.

« Évidemment la pauvre enfant obéissait à un
sentiment purement instinctif dont elle ne se
rendait pas compte, et dont elle n'était pas plus
responsable que le pôle d'un aimant, quand il
en repousse un autre [1]... Quel malheur ! une si
belle et gracieuse fillette ! »

John écoutait, bouche béante.

« Que dites-vous ? reprit-il ; Néridah serait rebelle au magnétisme ?... Si je le croyais, je l'éloi-
gnerais bien vite.

— Ce serait, répliqua Karl, imposer à votre
affection paternelle un trop rude sacrifice... Il
n'est pas impossible que l'esprit de Suzanne con-

---

1. Voyez la note à la fin du volume.

sente à se manifester malgré cette influence contraire !

« En effet, Mme Suzanne adorait tellement
sa fille qu'elle saura triompher de cet obstacle,
qui serait infranchissable dans le cas seul où il
n'existerait entre l'apparition et l'être rebelle
aucun lien de parenté. »

Mme Jellous, qui semblait ne point comprendre au premier abord où le médium voulait en
venir, parut charmée de la profondeur et de la
hardiesse du plan de campagne qu'elle entrevoyait.

Quant à John, qui écoutait l'oreille basse, il se
mit à relever la tête et à respirer plus librement
d'un air de satisfaction.

Son parti était pris.

Quoique Suzanne dût faire des efforts pour
triompher du fluide répulsif de sa chère fille, le
plus sage était d'écarter temporairement cet
obstacle.

On retourna au salon, où le maître d'hôtel
vint bientôt nous annoncer que le dîner était
servi.

John ayant disparu pendant quelques instants,
Karl s'approcha triomphant de Mme Jellous, et
lui dit rapidement :

« Le coup a porté, je parie qu'il va donner des

ordres pour que la petite ne se rencontre point
à dîner avec nous.... »

En effet, lorsque les deux convives entrèrent
dans la salle, ils s'aperçurent que quatre fauteuils avaient été disposés autour de la table.

Inutile de dire que le quatrième siège, qui était
resté complètement inoccupé, avait été réservé à
Néridah....

Karl et sa compagne s'étudièrent à ne pas paraître éblouis du luxe grandiose qui régnait chez
le nabab. Jusqu'au dessert, Mme Jellous se montra vive et enjouée, quoique avec réserve. Quant
au médium, il était grave, taciturne, mystérieux ;
lorsqu'il parlait, c'était brièvement, sur le ton
obscur d'un oracle. En revanche, tous les deux
firent largement honneur à la chère exquise et
aux vins délicats de leur hôte, sans cependant en
abuser.

John soutenait la majeure partie de la conversation, qui, fort insignifiante en apparence,
n'en était pas moins du plus puissant intérêt
pour Karl. En effet, par une série de remarques
ou de questions sans portée apparente, il complé-
tait la série de ses informations, et la connaissance qu'il avait déjà acquise du caractère de sa
dupe.

Le dîner fini, on alla prendre le café au salon.

A peine Karl eut-il expédié sa tasse, qu'il demanda la permission de se rendre le premier dans la pièce destinée aux évocations, pour disposer ce dont il avait besoin.

« Je crains bien, dit-il d'un air soucieux, qu'à raison de l'influence néfaste que nous avons constatée, l'esprit de Suzanne ne se refuse à des manifestations trop directes. Nous essaierons cependant. Mais si mes pressentiments se trouvent malheureusement réalisés, tout n'est point perdu pour ce soir... J'espère encore qu'il consentira à écrire sur l'*ardoise magique* les communications qu'il peut vouloir adresser à son mari.

— Qu'est-ce que l'*ardoise magique?* demanda John.

— La voici, répliqua le médium en tirant du sac qu'avait apporté Mme Jellous une ardoise encadrée de bois noir, semblable à celles dont font usage les écoliers. L'Esprit, je le répète, accordera sans doute cette manifestation, s'il refuse les autres... Mais je crois prudent de ne pas retourner dans le petit salon. Eh bien, monsieur Hartley, donnez-moi quelqu'un pour me conduire à la salle où l'Esprit s'est déjà manifesté une première fois, afin que je me livre aux invocations préliminaires... Ne tardez pas à venir avec

Mme Jellous, car dans dix minutes tout sera
prêt. »

John mit un des domestiques, qui se trouva
être Davy, aux ordres du médium ; mais ni Karl
ni le valet n'eurent l'air de se connaître, et ils
sortirent tous deux d'un air parfaitement indifférent l'un à l'autre.

Le maître du logis semblait fort impatient de
les rejoindre ; Mme Jellous, obéissant peut-être à
des instructions secrètes, le retenait toujours
sous divers prétextes, et ce fut seulement après
un temps assez long qu'ils s'acheminèrent vers
la pièce où Karl les attendait.

Il y était en effet, mais seul. On avait abaissé
les rideaux et les portières, en lourde étoffe de
l'Inde, devant les portes et les fenêtres. Une lampe,
munie de son abat-jour, brûlait sur un meuble
dans un coin ; mais la mèche était si basse et
l'abat-jour si soigneusement rabattu, qu'elle ne
répandait qu'une lueur sépulcrale. A peine en-
trevoyait-on, au milieu de la salle, un guéridon
d'ébène qui devait se mettre en mouvement
sous l'action de la chaîne magnétique. Un morne
silence régnait dans cette pièce si bien close,
dont le grand tapis épais à ramage étouffait tous
les pas, et où l'on respirait un air chaud, dense
et suffocant.

Karl se tenait debout au milieu des ténèbres. Sitôt que John et Mme Jellous entrèrent, il leur dit à voix basse, comme s'il était lui-même pénétré de respect et de crainte :

« Décidément, nous n'avons pas de chance. L'influence hostile s'aggrave et me poursuit ici. J'en reconnais une autre encore plus puissante et plus contraire peut-être... Quelles sont les personnes qui se trouvent dans les pièces les plus voisines de celle-ci ?

— Néridah et ses gouvernantes indiennes se tiennent peut-être de ce côté; mais rassurez-vous.... Elles sont séparées de nous par deux chambres vides dont j'ai les clefs; elles ne peuvent ni voir, ni entendre, ni nous approcher.....

— L'influence de ces Indiennes n'en est pas moins des plus nuisible, répliqua le médium de son ton lugubre, et je n'augure pas bien... Enfin nous allons essayer. »

Trois fauteuils étaient disposés autour du guéridon. Karl prit place sur l'un d'eux; puis il fit signe à John de se placer à sa droite, pendant que Mme Jellous s'asseyait à sa gauche, et tous les trois, posant leurs mains à plat sur la table, formèrent ce qu'on appelle « la chaîne magnétique[1] ».

1. Voyez la note à la fin du volume.

Le guéridon avait des proportions telles, que John éprouvait quelque peine à tenir son petit doigt gauche en contact avec la main droite de Karl et son petit doigt droit avec la main gauche de Mme Jellous. Il en résultait pour lui une certaine lassitude, et cette lassitude augmentait insensiblement l'anxiété morale dont il ne pouvait se défendre.

C'était le résultat que Karl attendait en prolongeant une expérience qu'il était décidé à faire omplètement rater. En effet, au lieu de recevoir le mouvement de rotation qui, d'après les spirites, lui est communiqué par « la chaîne », la table demeurait complètement immobile. On n'entendait même pas, au milieu d'un morne silence, ces légers craquements du bois qui annoncent l'action d'une force mystérieuse [1].

Karl finit par retirer ses mains avec découragement.

« Je m'en doutais, reprit-il toujours à voix basse ; l'Esprit est là, j'en suis sûr, mais il ne m'obéit pas. Je sens que c'est à regret qu'il se montre rebelle, mais je ne viendrai à bout de le faire parler, qu'en employant de grands moyens, que les influences néfastes ne sauraient paralyser.

---

1. Voyez la note à la fin du volume.

« Mais par prudence et pour faciliter notre tâche, veuillez faire dire aux Indiennes et à votre fille de passer dans une autre partie de votre maison....

— Maître, c'est bien pensé, je vais leur faire donner l'ordre d'aller passer la soirée dans le salon blanc.... »

En disant ces mots, John appuya le doigt sur un timbre électrique, Davy se présenta. John lui dit quelques mots à l'oreille, et le valet disparut.

Karl remercia John par un coup d'œil et resta à méditer pendant quelques instants; puis il redressa la tête, que de graves pensées avaient ainsi courbée.

Il se leva et alla chercher sur un meuble 'ardoise dont nous avons parlé, ainsi qu'un crayon.

John, déjà fatigué de la position pénible qu'on lui avait fait garder si longtemps, essuya son front baigné de sueur et demanda timidement :

« Maître, qu'allez-vous faire?

— Tout à l'heure, après les cérémonies indispensables, et pendant que vous formerez la chaîne avec Mme Jellous, je passerai l'ardoise et e crayon sous la table... Si l'adjuration réussit, comme je l'espère, l'Esprit de Suzanne écrira de sa propre main, sur la face de l'ardoise appliquée contre la table, les communications qu'il veut vous adresser.

— L'Esprit se glissera donc entre l'ardoise et la table?.. Je ne peux comprendre...

— Je ne saurais vous expliquer la théorie de ce fait merveilleux, car elle est encore inconnue de nos docteurs, mais le fait est incontestable....

« Comme l'esprit n'a pas de corps proprement dit, et qu'il habite l'espace à quatre dimensions[1], il peut se glisser entre la table et l'ardoise, passer le long du cadre que je presse contre la face inférieure de la table, et manier le crayon qui s'y trouve renfermé.

« Mais nous n'avons que faire de ces considérations théoriques en ce moment.

« Seulement, ajouta Karl en se redressant et en prenant un ton solennel, je vous demande à vous, monsieur John Hartley, demeurant à Regents-Park, à Londres, si vraiment vous requérez et ordonnez d'être mis en communication avec l'Esprit de dame Suzanne Pontyred, votre épouse?.. Répondez à haute et intelligible voix, monsieur John Hartley, au nom du grand génie *Patragan*, de son fils *Tarosi* et de sa sœur *Colidos*. »

Terrifié par cette adjuration bizarre, John sen-

_____

1. Voyez la note à la fin du volume.

lait ses cheveux se dresser sur sa tête; cependant il répondit *oui*, d'un ton ferme et sans montrer la moindre hésitation.

« Réfléchissez bien, reprit le médium avec une emphase nouvelle; il en est temps encore... Je reconnais à certains signes que l'Esprit désire vous apprendre des choses d'une gravité suprême, il vous révèlera des secrets inouïs qui pourront briser votre cœur, soulever toutes les passions de votre âme.... Êtes-vous prêt à renoncer à toutes vos affections terrestres, en vue de la satisfaction céleste que vous aspirez à goûter? La force et le courage ne vous manqueront-ils pas? »

John tarda un peu à répondre, non qu'il hésitât, mais son cœur battait avec tant de violence, sa gorge était tellement serrée, qu'il avait peine à parler. Il dit enfin, en cherchant à raffermir sa voix.

« Quoi qu'il doive arriver, je suis prêt.... Je recevrai avec respect et reconnaissance les révélations que me fera l'Esprit de ma chère Suzanne.

— Il suffit; vous allez sans doute être satisfait. »

Karl porta la lampe sur une table à jeu, qu'il avait poussée au milieu du salon, et sur laquelle se trouvaient déjà le crayon et l'ardoise. Devant

cette table, il fit asseoir John et Mme Jellous l'un
à côté de l'autre, et il joignit leurs mains de sorte
que le pouce de la main droite de John était serré
dans la main gauche de Mme Jellous et que John
serrait de la main gauche le pouce droit de sa
partenaire. Alors il leur recommanda de ne pas
perdre de vue l'ardoise et de murmurer sans re-
lâche, quand il en donnerait le signal, le mot :

Alfopatragantarosicolidos[1].

Comme ce mot bizarre pouvait être difficile à
retenir, Karl tira du sac, apporté par la somnambule, un petit étendard de soie sur lequel il
était écrit en gros caractères, et étala ce morceau
d'étoffe sur la table, afin que John pût lire
l'inscription sans avoir à détourner la tête.

Ces dispositions prises, le médium saisit
l'ardoise entre le pouce et l'index de la main
droite :

« Vous allez commencer les invocations, dit-il,
et ne vous trompez pas en appelant :

« *Alfopatragantarosicolidos*. »

Il avait prononcé ce nom avec une volubilité,
que ses auditeurs ne devaient pas imiter facilement.

Il y eut alors un nouveau silence. Le médium

---

1. Voyez la note à la fin du volume.

avait pris un air inspiré, une pose théâtrale. Sur
un signe, John et Mme Jellous se mirent à articuler le mot sacramentel.

Au bout de deux minutes, Karl dit d'une voix
étrange, qui ne conservait rien de son accent habituel :

« Taisez-vous... Respect !... Voici l'Esprit ! »

Et il passa, avec une lenteur magistrale, l'ardoise sous la table, en la soutenant de la main
droite, tandis que son autre main demeurait
levée vers le plafond.

A peine l'ardoise eut-elle disparu, qu'on enten
dit un petit bruit, clair et strident, comme celui
que produirait un élève en écrivant une phrase
dictée à l'école primaire. John pour mieux écouter, retenait son haleine, et il sentait cette terreur,
qu'il avait éprouvée la première fois, l'envahir
de nouveau. Néanmoins, il se raidit contre sa
propre faiblesse et parvint à la dominer.

Bientôt le grincement du crayon cessa. Karl,
après un moment d'attente, retira l'ardoise de
dessous la table et l'éleva au-dessus de sa tête,
de manière que la partie écrite regardât le
plafond.

Il attendit encore, comme par respect pour
l'oracle qu'il tenait ainsi suspendu.

Quand il eut jugé que cette pantomime impo-

sante avait assez longtemps duré, il se tourna
vers John et lui dit de son ton le plus sacramentel :

« Sur cette ardoise se trouvent écrites par la
main de dame Suzanne Hartley, née Pontyred,
les communications que la dite dame a voulu
faire à son époux, M. John Hartley, ici présent.
Qu'il annonce par oui ou par non s'il consent à
en prendre connaissance... S'il ne consent pas,
l'ardoise sera détruite à l'instant par les Esprits
de ténèbres... Qu'il fasse donc connaître sa volonté, au nom du grand génie *Patragan*, de son
fils *Tarosi* et de sa sœur *Colidos* ! »

Cette fois, John n'hésita pas une seconde.

« Oui, oui ! » s'écria-t-il d'une voix haletante.

Karl fit signe à Mme Jellous de s'éloigner de
quelques pas ; pour lui, après avoir remis l'ardoise au nabab, il se retira à l'extrémité oppo-
sée de la salle.

John, ayant pris d'une main tremblante la
pierre qu'on lui tendait, se pencha vers la lampe
afin de lire ce qui était écrit. A peine y eut-il
jeté un regard, que ses yeux se remplirent de
larmes.

« C'est l'écriture de Suzanne... c'est sa signa-
ture ! » murmura-t-il.

Il fallait beaucoup d'imagination pour recon-

John se pencha vers la lampe afin de lire ce qui était écrit.

naître dans ces caractères mal formés et rapides
l'écriture de la défunte. Cependant John, sans
s'arrêter à ces difficultés calligraphiques, dévo-
rait du regard la missive d'outre-tombe ; elle
était ainsi conçue :

« John, mon digne et bien-aimé mari,

« La mort n'est que le commencement d'une
« vie nouvelle, où tous les secrets de l'ancienne
« sont dévoilés. Je sais à présent que Néridah
« n'est pas notre fille.

« Notre fille à nous est morte presque en
« naissant, et on lui a substitué, à notre insu,
« une enfant étrangère.

« Regarde la couleur des cheveux de celle
« qu'on nomme Néridah ! Défie-toi des deux In-
« diennes ; elles nous ont trompés ; elles te
« trompent encore, elles te tromperont jusqu'à
« leur dernir soupir, ces damnées !

« Ta SUZANNE. »

John poussa un cri déchirant et se renversa
dans son fauteuil. L'ardoise lui échappa et, tombant par terre, se brisa en mille pièces.

Personne ne bougea ; Karl et la somnambule se tenaient à l'écart, immobiles et silen-

cieux, par respect pour de si douloureux secrets.

John prit sa tête dans ses mains, comme s'il craignait qu'elle n'éclatât.

« Est-il possible... est-il possible ! murmurait-il ; ces bruits qui, là-bas, dans l'Inde, étaient venus jusqu'à moi et que je considérais comme de méprisables et ridicules médisances, étaient fondés... Néridah n'est pas ma fille !... Suzanne est sortie de la tombe pour m'en avertir... Merci, Suzanne ! ajouta-t-il tout haut en se levant à demi et en semblant s'adresser à une personne invisible ; je ferai justice et je vous vengerai tous ! »

Il retomba dans son fauteuil, et de gros sanglots s'échappèrent de sa poitrine oppressée.

Karl le laissa se remettre un peu. Enfin il s'approcha et lui prenant la main dans les siennes, il dit affectueusement :

« Courage ! excellent monsieur Hartley ; je vous avais averti que cette épreuve offrait pour vous autant de dangers que la première !... Les révélations de Mme Suzanne ont donc été bien terribles ?

— Oui, bien terribles, reprit-il d'une voix éteinte.

« Bien terribles, mon ami, bien terribles, et mon cœur, mon pauvre cœur est brisé....

« Plus de fille.... Cependant je voudrais savoir encore...

— Oh! rien de plus aujourd'hui, interrompit Karl d'un ton péremptoire; ces secousses sont trop fortes et je me reprocherais éternellement de les multiplier, au risque de compromettre votre santé, votre existence peut-être!

— Au fait, reprit John avec accablement, qu'ai-je besoin d'en savoir davantage?... Mon malheur n'est-il pas assez complet! »

Après une pause, il se leva avec effort.

« J'ai besoin, reprit-il, de réfléchir au parti qu'il me reste à prendre.... Vous, maître, e vous, madame Jellous, ne m'abandonnez pas dans l'affliction profonde où je suis plongé... Des chambres vous attendent, et on va vous y conduire.... Demain matin nous causerons; peut-être aurai-je encore besoin de vos bons offices. »

Il toucha le bouton d'un timbre électrique; des domestiques arrivèrent avec des flambeaux. John commanda de conduire ses hôtes à l'appartement qu'on leur avait préparé. Pour lui, sans paraître écouter leurs compliments, il se dirigea d'un pas chancelant vers sa chambre.

Tandis que Karl et Mme Jellous, précédés d'un valet, parcouraient, l'un à côté de l'autre, les corridors de ce vaste hôtel, la somnambule dit à voix basse :

« Vous avez bien manœuvré, maître ; mais ne craignez-vous pas d'avoir frappé trop fort ?

— Non, non, répondit Karl de même avec une satisfaction orgueilleuse ; *il* a, au contraire, admirablement supporté ce coup, qui a été rude !... Fiez-vous à moi ; tout marche à souhait... nous réussirons !

CHAPITRE XIII

L'expulsion

Le lendemain, dès les premières heures du
jour, John envoya prier Karl et Mme Jellous de
venir le joindre dans sa chambre, et ils s'em-
pressèrent de se rendre à cette invitation.

Ils trouvèrent le maître du logis habillé comme
la veille, et on jugeait à voir le lit intact, les bougies achevant de se consumer dans les candéla-
bres, qu'il ne s'était pas couché pendant la nuit
précédente. Il avait les traits affreusement décom-

posés, les pommettes de ses joues amaigries
couvertes de larges plaques rouges et ses yeux
brillants de fièvre. Il semblait avoir passé la nuit
à se promener dans sa chambre ; la fatigue, tant
physique que morale, l'accablait visiblement.

Il écouta à peine ses hôtes, qui lui adressaient
les politesses d'usage. Il leur fit signe de prendre place sur un canapé ; pour lui, il continua
d'aller et de venir d'un pas mal assuré, la tête pen-
chée sur la poitrine. Enfin, s'arrêtant devant
Karl, il lui dit d'une voix presque éteinte :

« Vous savez sans doute, maître, quel épouvantable secret m'a révélé l'Esprit de Suzanne ?

— Je n'ai pas lu ce qui était écrit sur l'ardoise ;
mais mes rapports avec l'Esprit me font pres-
sentir...

— Suzanne m'a révélé, continua John brusquement, que Néridah n'est ni ma fille ni la sienne,
et que nous avons été indignement trompés par
les deux nourrices hindoues qui sont attachées
à cette enfant.

— Ainsi s'expliquent, répliqua le médium sans
montrer aucune surprise, les influences ennemies que j'avais reconnues dans la salle d'hier
et la répugnance de l'Esprit à s'y manifester... Il
faudra, si nous voulons arriver à la matérialisa-
tion de Mme Suzanne, à voir en personne natu-

relle la femme que vous pleurez... il faudra, dis-
je, trouver un autre local. Avant de chercher à
triompher de la mort, le plus sage sera d'échapper complètement à ces influences funestes.

— Oui, répliqua John d'un ton sombre, vous
avez raison, ce sont d'abord ces influences qu'il
faut détruire, et j'y ai songé.

— Grand Dieu! s'écria Mme Jellous involontairement, auriez-vous le courage de chasser
votre.... la pauvre petite que vous avez jusqu'ici
considérée comme votre fille? »

Karl lança à la somnambule un regard pour lui
défendre de continuer. John avait repris sa promenade fiévreuse.

« La chasser! dit-il d'une voix entrecoupée,
je le devrais sans doute ; mais je ne peux pas,
je ne veux pas, je n'ose pas !... Cette enfant, qui
est une étrangère pour moi, a été si longtemps
ma seule consolation, je l'aimais si tendrement,
je prenais un tel plaisir à écouter son innocent
babil, à recevoir ses naïves caresses.... Je l'éloi-
gnerai, je la renverrai dans le Rutlandshire....
mais plus tard.

— Prenez garde, dit Karl cauteleusement, de
mécontenter l'Esprit de votre chère Suzanne...
Quelque pitié que vous éprouviez pour une enfant qui usurpe votre nom et votre fortune,

l'Esprit semble être fort irrité de cette usurpation et en réclame le châtiment.

— Le croyez-vous, maître? reprit John avec un mélange de terreur et de désespoir; eh bien! nous consulterons l'Esprit de nouveau pour savoir s'il exige impérieusement cette satisfaction. Suzanne était si bonne, si compatissante, si généreuse! Elle ne peut avoir de colère contre cette petite créature inconsciente... Et puis, je vous l'ai dit, quelque chose se révolte en moi à la pensée d'exécuter cet acte de justice! »

Karl sentit qu'il serait imprudent d'insister pour le moment sur ce sujet délicat.

« Ces sentiments de délicatesse vous honorent, dit-il, et j'emploierai mon pouvoir pour vous épargner un sacrifice peut-être trop douloureux pour votre esprit... *d'humanité.*

— Mais, poursuivit John d'un ton où l'attendrissement faisait place à la colère, si je n'ai pas pris de parti encore au sujet de l'enfant, en revanche ma détermination est bien arrêtée au sujet de ces Indiennes à demi sauvages qui nous ont si indignement trompés... J'entends qu'aujourd'hui même elles quittent ma maison, et qu'elles ne se présentent plus jamais devant mes yeux. »

Karl s'attendait à cette résolution et s'empressa de la rendre définitive.

« Fort bien, monsieur Hartley, répliqua-t-il ;
vous ne devez pas moins à votre dignité... Mais
aurez-vous l'énergie nécessaire pour accomplir
ce coup de vigueur ?

— Pourquoi ne l'aurais-je pas ?

— Réellement, reprit Mme Jellous, cette expul-
sion devra causer un très grand chagrin à miss
Néridah... Les Indiennes, à ce qu'il paraît, ne
l'ont pas quittée depuis sa naissance, et elle
éprouve, dit-on, pour elles une affection filiale...
Aussi va-t-elle pleurer, se lamenter au moment
de la séparation... Le maître a raison, monsieur
Hartley ; aurez-vous une force d'âme suffisante
pour résister aux larmes et au désespoir de cette
petite... si détaché que vous puissiez en être à
présent ? »

Cette fois Mme Jellous avait abondé dans le
sens de Karl, qui fit furtivement un signe ap-
probatif. John n'était pas encore bien sûr de
lui-même, car il s'agita d'un air de malaise.

« On éloignera Néridah, balbutia-t-il.

— Cela pourra ne pas être facile, dit Karl, si,
comme on l'assure, ces femmes la suivent partout
et ne la quittent ni la nuit ni le jour. Néridah jettera les hauts cris et vous êtes encore trop faible...
Tenez, monsieur Hartley, l'embarras où je vous
vois me donne une idée : voulez-vous me charger

de cette besogne? Je m'en acquitterai avec fermeté et à votre complète satisfaction, je l'espère.

— Quel service vous me rendrez, cher maître! s'écria le nabab avec empressement; j'avoue à ma honte que les plaintes et les lamentations de cette enfant pourraient m'attendrir de façon à me faire oublier mes devoirs envers l'Esprit courroucé de ma chère Suzanne. Eh! bien, c'est entendu... Je vais me faire conduire au chemin de fer, partir pour ma ferme des Oaks, dans le Rutlandshire, et je ne reviendrai que demain. En attendant, vous resterez ici avec Mme Jellous, et à mon retour tout devra être fini.

— A merveille... seulement monsieur Hartley comprendra que, pour opérer en son absence un pareil acte d'autorité, j'ai besoin des pouvoirs les plus précis, les plus étendus!

— Je vais vous les donner, » dit John.

Il s'approcha de son bureau et écrivit rapidement sur un morceau de papier :

« Je déclare que tout ce que feront dans ma maison M. Karl et Mme Jellous, ils le feront par mes ordres exprès, et j'ordonne aux personnes qui dépendent de moi de leur obéir comme à moi-même. »

Il data et signa. Puis il prit son livre de chèques, remplit les blancs d'un feuillet, qu'il arracha et qu'il remit à Karl, avec la procuration.

« Voici, dit-il, un chèque de mille livres, dont vous et Mme Jellous, ferez l'usage qu'il vous conviendra... Jusqu'à mon retour, vous êtes absolument les maîtres ici... Pour plus de sûreté, vous allez voir. »

Il toucha plusieurs boutons électriques correspondant avec les diverses parties de l'hôtel; au bout d'une minute, tous les domestiques, sauf ceux attachés au service de Néridah, accoururent. Quand ils furent réunis, le nabab leur dit d'un ton d'autorité :

« Je vais partir... on attellera la berline... En mon absence, vous serez tous à la disposition du gentleman et de la dame que voici... Celui qui refusera de leur obéir, quelque ordre qu'il reçoive, sera impitoyablement chassé quand je reviendrai; qu'on se tienne pour averti! »

John était d'ordinaire très bienveillant envers les domestiques; mais il avait en ce moment un ton si dur, que personne n'osa faire la moindre observation, et chacun se retira terrifié.

Une demi-heure plus tard, le nabab, après s'être habillé à la hâte et avoir adressé à Karl ses recommandations dernières, descendit dans la cour et se dirigea vers la voiture qui l'attendait.

Tout le monde put s'apercevoir que lorsqu'il y monta, il était pâle, tremblant et avait les yeux pleins de larmes.

Karl et Mme Jellous, maîtres provisoires de cette grande et magnifique demeure, commencèrent par se faire servir un plantureux déjeuner. Cependant ils ne s'attardèrent pas à table, et à peine furent-ils rentrés au salon que le médium demanda l'Écossais, Davy, qui lui inspirait une entière confiance.

Davy ne tarda pas à paraître. C'était un homme d'une cinquantaine d'années, maigre et nerveux, aux cheveux d'un blond roussâtre. Il n'était pas doué d'une grande intelligence et semblait avoir conservé toutes les absurdes superstitions de ses montagnes natales.

Il s'inclina jusqu'à terre devant Karl, qui le salua d'un léger signe de tête.

« Davy, dit le médium, j'ai compté sur vous pour faire exécuter les volontés des Esprits.

— Je suis prêt, répliqua l'Écossais avec humilité; je sais combien vous êtes puissant!... Vous avez la *seconde vue*, comme les *voyants* de mes montagnes; rien ne peut résister à votre génie. Qui eut dit, que vous seriez un jour le maître dans cet hôtel, d'où le docteur Hartley, l'ennemi des spirites, voulait vous faire chasser! J'étais présent lorsque le docteur a renvoyé la bonne de Mme Jellous... Si vous aviez vu comme il a traité cette pauvre Mary, et comme tous les domestiques se réjouissaient de cette humiliation!

— C'est bien, dit sèchement Karl; c'est sur vous que je compte pour m'obéir avec adresse et avec un dévouement absolu... Car, vous ne l'ignorez pas, il s'agit en ce moment du service des Esprits!

— Entendre c'est obéir, maître, dit Davy en saluant gravement à la mode orientale. Quel genre de service pouvez-vous attendre de moi.

— Allez chercher ces deux femmes indiennes, qu'on appelle, je crois, Nana et Tata, et dites-leur que je les attends ici sur-le-champ. »

Malgré les bruyantes et sincères démonstration de dévouement qu'il venait de prodiguer, Davy ne peut s'empêcher de manifester une vive surprise.

« Les Indiennes! elles dépendent uniquement de miss Néridah, et personne n'ose se permettre....

— Comment! s'écria Karl avec violence, je vous ai dit qu'il s'agit du service des Esprits, et vous hésitez déjà?

— J'y vais, monsieur, » répondit Davy humblement.

Et il sortit avec précipitation, poursuivi par le remords d'avoir montré des scrupules quand le maître avait parlé.

Un moment après, les deux Indiennes, avec leur teint couleur chocolat et leurs yeux de feu, apparurent, drapées dans leurs amples vêtements blancs. Mais elles n'étaient pas seules ; tout habillée pour le déjeuner, Néridah les accompagnait ; et à son regard animé, à son teint rouge, à ses narines roses qui se gonflaient, il était facile de voir que la courageuse enfant se trouvait sous le coup d'une émotion extraordinaire.

Elle s'avança vers Karl et Mme Jellous avec une dignité qu'on n'aurait pu attendre d'une fille de son âge.

« De quel droit, monsieur, demanda-t-elle, donnez-vous des ordres à mes nourrices, et que leur voulez-vous ?

— Du droit, mademoiselle, répliqua Karl froidement, que m'a transmis M. John Hartley, votre honoré père ; ce que je veux, c'est signifier, en son nom, à ces femmes qu'elles aient à quitter l'hôtel sur-le-champ avec tout ce qui leur appartient. »

La petite se mit à rire.

Du droit que m'a transmis M. John Hartley, votre honoré père.

« Est-ce là un de vos sortilèges habituels? dit-elle avec mépris ; moi, je ne crois pas aux sorciers... ni aux Esprits.

— Il ne s'agit ni de sortilèges, ni d'Esprits, repartit Karl d'un air piqué, il s'agit d'obéir aux ordres exprès que M. Hartley votre père m'a chargé d'exécuter.

— Vous mentez, monsieur ; mon excellent père n'a pu donner l'ordre.

— Il l'a fait pourtant, mademoiselle ; et la preuve c'est que si, dans dix minutes, ces laides créatures n'ont pas quitté la maison, je les ferai jeter dehors. »

En parlant ainsi, le médium regardait les deux femmes de cet air menaçant qui se comprend dans toutes les langues ; mais Nana et Tata demeuraient impassibles.

« Mon père n'a pas donné cet ordre, répéta Néridah chaleureusement, et je ne souffrirai pas qu'on chasse mes nourrices.

— Nous verrons alors, miss Hartley, à qui de nous deux on obéira... Vous connaissez l'écriture de votre père, je suppose ?.. Lisez. »

Pendant que Néridah parcourait rapidement le papier, Mme Jellous lui dit d'un ton doucereux :

« Ne vous obstinez pas, chère enfant ;

M. Hartley nous a chargés de renvoyer ces femmes qui ont démérité de lui... sachez vous soumettre à ses volontés. Obéissez-lui sans murmurer; peut-être alors s'apaisera-t-il, et plus tard vous pourrez facilement obtenir ce qu'il refuserait certainement à la mutinerie. Du reste, chère petite, vous trouverez ici des gens qui vous aimeront bien.

— Mais il n'est pas question de mes nourrices là-dedans, on ne dit rien pour elles, reprit Néridah, en jetant le papier sur la table; je ne veux pas qu'elles partent!... Elles ont été les fidèles servantes de ma mère; elles ont essayé de la remplacer auprès de moi, elles me chérissent et moi je les chéris... Allez, monsieur, et vous aussi, madame, ajouta-t-elle en pleurant et en se tournant vers Karl et la somnambule, vous m'avez fait assez de mal!... Depuis que vous avez mis je ne sais quelles idées dans la tête de mon pauvre père, il n'a plus aucune affection pour moi; je le vois à peine, il me relègue dans mon appartement.... »

S'approchant alors de Karl qui semblait embarrassé par la vivacité de ces paroles, elle lui dit d'une voix suppliante: « Puisqu'il vous abandonne la conduite de sa maison, faites ici ce que vous voudrez; mais ne touchez pas à ces deux femmes dont la tendresse et le dévouement me sont si nécessaires... »

Comme le médium avait repris son air calme, indifférent et presque méprisant, elle sentit l'indignation s'emparer d'elle.

Elle redressa vivement la tête et montrant du doigt les deux statues vivantes, qui semblaient être tout à fait étrangères à ce qui se passait :

« Je prends, dit-elle, sous ma protection ces deux femmes... Je suis miss Hartley, et je vous défends d'y toucher ! »

Il y avait, malgré ses larmes, tant de noblesse et de dignité dans son maintien, que Karl et sa compagne se regardèrent stupéfaits.

« Une petite lionne ! » murmura Mme Jellous avec admiration.

Karl, souriant avec dédain, frappa sur un timbre; Davy et trois autres domestiques ayant paru à la porte, il se leva pour leur donner des instructions à voix basse.

Nana et Tata ne paraissaient toujours rien comprendre à cette scène, quand Néridah se jeta dans leurs bras et leur apprit en tamoul de quoi il s'agissait.

Les deux statues noires s'animèrent subitement; leurs yeux étincelèrent, et un flot de paroles inintelligibles, mais qui ne pouvaient être que des imprécations, s'échappa de leur bouche avec volubilité. Elles allongèrent leurs mains aux ongles pointus, afin de protéger l'enfant qui, dans son désespoir, se cramponnait convulsivement à leurs vêtements.

Karl, après une courte conférence avec Davy et les autres domestiques, revint vers ce groupe désolé.

« Miss Hartley, reprit-il durement, il faut en finir et la volonté de votre père doit recevoir son exécution... Puisque ces femmes ne comprennent pas l'anglais, dites-leur dans leur langue qu'elles aient à partir sur-le-champ de leur propre gré, sinon j'emploierai la force.

— Elles ne partiront pas! s'écrie Néridah dont les larmes se séchèrent d'une manière instantanée; je prends tout sur moi.... Quand mon père rentrera, je lui expliquerai....

— M. Hartley est dans le Rutlandshire, et je lui ai promis qu'à son retour il trouverait maison nette... Allons! mademoiselle, ne m'obligez pas à mettre en usage des moyens qui me répugnent... Un cab attend en bas, et ces femmes vont y monter avec leur bagage... Davy leur remettra de l'argent... Vous, continua-t-il en s'adressant aux autres valets, faites ce que je vous ai commandé. »

Les quatre hommes, Davy en tête, s'avancèrent d'un air embarrassé pour s'emparer des Indiennes.

Bien que depuis peu ils eussent vu des choses fort extraordinaires dans la maison, ce n'était pas sans hésitation que ces gens se disposaient à employer la violence envers les gouvernantes, si respectées jusqu'à ce jour, de Néridah.

Du reste, ils ne tardèrent pas à s'apercevoir que l'œuvre présentait certaines difficultés. Les deux Indiennes, souples et vigoureuses comme des panthères, s'étaient mises sur la défensive; leurs yeux blancs se torturaient dans leur orbite, et elles poussaient des cris sauvages. Néridah, de son côté, s'était placée devant elles et leur faisait un rempart de son corps.

« Que nul ne soit assez hardi pour maltraiter mes *mamans* indiennes! dit-elle avec autorité en s'adressant aux domestiques; elles partiront, s'il le faut; elles vont quitter cette maison puisqu'on l'exige.... mais elles ne la quitteront point seules, car je la quitterai avec elles!

— Vous, mademoiselle! s'écria Mme Jellous, épouvantée par la perspective d'un évènement sur lequel Karl avait compté sans doute.

— Oui, moi, répliqua Néridah qui donna de nouveau libre cours à ses larmes ; grâce à vous et à votre ami, mon père ne m'aime plus... Il me délaisse... Il part sans me prévenir, il m'abandonne à la merci de gens... qui me sont odieux !... Qu'ai-je à faire désormais dans cette demeure?... Il ne me reste plus qu'à suivre ces bonnes créatures si dévouées et à attendre, loin de cette maison désolée, que mon père désabusé revienne à moi ! »

En même temps, elle se tourna vers les Indiennes et leur exprima en tamoul sa détermination. Nana et Tata redoublèrent d'exclamations et de signes de douleur ; elles semblaient supplier leur jeune maîtresse de renoncer à son projet.

Mais il était facile de voir que la jeune fille demeurait inébranlable, et Karl avait peine à dissimuler sa satisfaction.

« Nous partons, dit-elle en s'adressant aux assistants ; puisque un cab attend en bas, nous n'avons besoin de personne pour nous conduire... Je servirai moi-même de guide à mes nourrices... Quant à de l'argent, je ne veux pas en recevoir de vos mains, j'ai ma bourse de demoiselle, qui nous suffira. »

Elle passa l'un de ses bras sous celui de Nana, prit Tata par la main, et, malgré les plaintes

ou les protestations des Indiennes, elle les entraîna vers la porte.

« Et où allez-vous, miss Hartley? demanda
Mme Jellous éperdue. Chère petite, dites-nous
au moins de quel côté vous dirigez vos
pas?

— Cela ne regarde personne; mon père le
saura... si tant est qu'il s'inquiète encore de
moi!

— Mais nous ne devons pas souffrir que vous
quittiez ainsi la maison paternelle... Retenez-
la, messieurs, ajouta Mme Jellous en s'adressant
aux valets; monsieur Karl, parlez-leur donc,
donnez-leur ordre...

— Oui, répondit Karl avec froideur; le devoir
des gens de M. Hartley est certainement de retenir cette enfant.

— Qu'ils l'essayent! répliqua Néridah en faisant volte-face; si l'un d'eux avait l'audace de
porter la main sur moi... »

Les domestiques demeuraient immobiles, se
regardant les uns les autres.

« Obéissez! obéissez! commanda Mme Jellous
avec une autorité qui eut l'air de faire quelque
impression sur eux. Obéissez, répéta-t-elle; miss
Néridah ne peut quitter l'hôtel.... »

Davy dans son trouble avait les yeux fixés

sur le médium, qui restait calme, presque indifférent.

« Et si nous obéissons, dit enfin Davy au nom de tous, M. Hartley, en revenant, nous chassera impitoyablement pour avoir manqué de respect à sa fille !... Écoutez donc, madame, ceci passe la permission.... On peut nous commander ce que l'on voudra; mais, en ce qui concerne miss Hartley....

— Vous le voyez, ma chère! reprit Karl toujours avec placidité, on ne nous écoute pas.

— Eh bien! retenez-la vous-même, monsieur Karl, s'écria Mme Jellous de plus en plus animée; songez à la responsabilité redoutable...

— Je m'en garderai bien; ce que les gens de la maison n'osent faire je ne le ferai pas non plus, moi qui ne suis ici qu'un étranger... Seulement toutes les personnes ici présentes rendront témoignage que nous avons fait tout ce qui dépendait de nous afin de nous opposer au départ de miss Néridah. »

En même temps, il adressa un signe impérieux à la somnambule, qui garda le silence.

Néridah et les Indiennes n'avaient pas attendu la fin de cette discussion. Comme on ne faisait plus mine de les arrêter, elles s'étaient hâtées de sortir en se tenant enlacées, et les domestiques les avaient suivies d'un pas timide.

Il y eut encore quelques allées et venues dans l'hôtel, puis Mme Jellous, d'une fenêtre donnant sur la cour, vit miss Hartley et les gouvernantes monter dans le cab, qui s'éloigna rapidement.

Elle revint vers Karl; le médium, assis sur un canapé, savourait son triomphe et paraissait enchanté.

Mme Jellous était, au contraire, en proie à une grande agitation.

«Elle est partie, dit-elle; ah! maître, qu'avez-vous fait?... Vous avez trop pris sur vous. Quand le nabab va revenir, il jettera feu et flammes.... Il aime encore cette petite, vous l'avez bien vu par sa dernière conversation...

— Vous êtes une sotte, ma chère, répliqua le médium en ricanant; cette jeune miss a prévenu mes vœux secrets et nous tire d'un cruel embarras... M. Hartley est encore si faible pour elle, qu'il n'aurait jamais eu le courage de la renvoyer.... Elle est partie d'elle-même, et nous jurerons nos grands dieux qu'il n'y a pas de notre faute.... Tout est pour le mieux, je vous l'affirme.

— Mais que va-t-elle devenir?

— Peu nous importe.

— Cependant il eût été bon de savoir... Tenez, Karl, vous avez eu tort d'apprendre à cette enfant, si volontaire et si entreprenante, que son père est dans le Rutlandshire... Qui sait si elle ne va pas s'y rendre sur-le-champ? Dans ce cas il y aurait danger certainement à ce qu'elle vît le bonhomme avant vous... Il est très faible, comme vous dites ; et si la petite sirène, avec ses mines séduisantes et ses jolies larmes, venait à l'endoctriner de nouveau... »

Karl devint soucieux.

« Cette fois, ma chère, reprit-il d'un air anxieux, vous avez raison. Il faut se méfier de ce nigaud qui tourne à tous les vents, et aussitôt que je ne suis plus là... Voyons, comment pourrons-nous parer à cette difficulté? »

Et les deux associés discutèrent froidement sur le parti à adopter pour empêcher tout rapprochement entre le père et la fille, pour faire que l'exil volontaire de Néridah se changeât en bannissement définitif.

Tout à coup Karl se leva, comme si une inspiration soudaine lui était venue, et se mit à rire d'un air cynique.

« Ah ! ma chère, dit-il, un spirite ne reste jamais longtemps embarrassé. Je vais partir sur-le-champ pour le Rutlandshire et j'ai trouvé le moyen de tout expliquer à notre cher ami John, de façon à lui démontrer que Néridah est une enfant supposée. J'expliquerai le grand amour de cette diabolique fillette pour ses nourrices par la voix du sang!

— Du sang, pourquoi verser du sang? dit Mme Jellous d'une voix tremblante; vous me faites peur! Karl, ce n'est point par les moyens violents que nous devons procéder.

— L'émotion nuit à votre intelligence, ma chère; puisque Néridah n'est plus la fille de Suzanne, il faut bien que nous lui trouvions une parente.

— Ah! j'y suis, j'y suis! s'écria Mme Jellous en joignant les mains avec admiration; quel homme merveilleux! Vous ferez entendre à ce pauvre nabab que, si Néridah a préféré suivre les indiennes, c'est que l'une d'elles est sa vraie mère, et qu'entre son père supposé et cette femme, la petite n'a pas hésité un seul instant, malgré toutes mes supplications et les vôtres.

— A la bonne heure, reprit Karl en se frottant les mains; vous commencez enfin à comprendre, ma chère... Eh bien! il n'y pas une minute à perdre; je vais partir et l'influence de cette misérable enfant ne sera plus à craindre pour nous !... Sa perte est assurée !

FIN DU PREMIER VOLUME

APPENDICE

Rutlandshire. — Le comté de Rutland, où se passe la majeure partie de cette histoire, est le plus petit de toute l'Angleterre.

On dit qu'un homme peut en faire le tour en un jour, et que c'est après avoir exécuté ce haut fait de marche que son premier possesseur en fut investi. Sa surface est à peu près égale à celle du district métropolitain et il est habité par 20 à 25 000 individus, presque tous adonnés aux travaux agricoles. La terre y est très fertile et admirablement bien cultivée.

Le château de la Reine Édith. — Le comte Godwin, duc de Kent, désespérant de pouvoir régner sous son nom, avait résolu d'user de l'influence de sa fille Édith, créature accomplie, pour régner d'une façon déguisée. Afin d'arriver au but de ses ambitieux desseins, il fit assassiner le jeune Alfred et proclamer son frère Édouard, en 1041, comme seul et unique roi des Anglais. Il força en même temps ce malheureux prince à épouser la belle Édith.

Mais Édouard, qui fut plus tard célèbre par sa vertu, avait conçu une répulsion violente contre cette union, et il vécut toujours séparé de sa femme, tout en rendant hommage à ses éminentes qualités.

Celle-ci, qui passa sa vie dans la retraite et la prière, habitait un château voisin d'Oakham, capitale du Rutlandshire, et de la ferme qu'avait créée John Hartley.

Un grand nombre de légendes sont attachées à cet édifice, qui a successivement appartenu à beaucoup de hauts personnages plus célèbres par leur chute que par leur grandeur, par leurs malheurs que par leur prospérité. Parmi ces illustres possesseurs de ce manoir fatidique, il faut citer les Mortimer, les Stafford, les comtes Cromwell, et les ducs de Buckingham. On eût dit qu'une fatalité persévérante s'attachait à la possession de ces murailles démantelées et faisait tourner à mal l'ambition de ces hommes célèbres. Leurs vertus et leur fidélité même, par une sorte d'influence funeste, étaient devenues l'instrument de leur ruine, et les désignaient au poignard des assassins ou les conduisaient à l'échafaud aussi infailliblement que leurs crimes.

Le venin du serpent. — Nous trouvons dans la *Nature* un très curieux article d'un Anglais établi dans l'Inde au sujet des charmeurs de serpents.

On y lit le passage suivant: Je ne suis pas resté beaucoup d'années dans l'Inde sans avoir eu l'occasion de rencontrer des charmeurs de serpents et de me convaincre que ce sont de purs escamoteurs. Deux de ces hommes se présentèrent à moi et m'offrirent de purger toute la contrée des reptiles qui pouvaient s'y trouver. Je choisis l'un d'eux et je lui donnai le choix d'opérer avec sa veste et nue tête, ou avec son turban et le corps nu. Il accepta la seconde alternative. Je le conduisis alors près d'un vieux tronc renversé, dans lequel on prétendait qu'une cobra avait élu domicile. Mon charmeur commença ses gestes, ses contorsions et sa musique avec une grossière cornemuse; mais le serpent refusa de se laisser charmer, par la raison bien simple qu'il n'y en avait point dans le trou, et que le charmeur ne put trouver moyen d'y en mettre un.

Après avoir vu qu'il ne réussissait point à me tromper, le charmeur me conduisit devant un autre trou où l'on pouvait croire qu'une cobra habitait réellement. Les domestiques qui m'accompagnaient et moi, nous formions un demi-cercle au milieu duquel se plaça le charmeur. Il recommença son manège. Tout d'un coup il s'écria pour détourner mon attention : « Dekko, Sahib » (regardez, maître), en me montrant le trou où se trouvait en effet un serpent. Mais, ne l'ayant point perdu de vue, j'avais aperçu sa main qu'il avait portée, avec une extrême vivacité à son turban, d'où il avait extrait le serpent qu'il venait de me montrer. Un de mes domestiques l'aperçut comme moi, et il allait le dire, mais je le priai de se taire, et je fis semblant d'être frappé d'admiration.

« Maintenant, lui dis-je, comme vous avez trouvé le serpent, vous allez me prouver qu'il est venimeux. » J'envoyai alors chercher un pauvre poulet, que je lui dis de placer sous un vase en même temps que le serpent; mais au moment où il exécutait cette manœuvre, je vis mon homme qui disloquait le cou du volatile en le serrant entre son pouce et le second doigt. Immédiatement après il releva la coupe, et me montrant que le poulet était mort, il me demanda de l'emporter pour son dîner. « Non, lui dis-je, je ne peux vous permettre d'en manger, puisqu'il est empoisonné », et je fis enterrer le pauvre animal. Alors je congédiai mon charmeur en lui donnant son bakchich (pourboire).

Il l'employait à expliquer par le spiritisme les tours d'escamotage à l'aide desquels les Indiens prennent un malin plaisir à triompher du scepticisme de leurs vainqueurs. — On peut ranger dans cette catégorie les grandes démonstrations idolâtriques dans lesquelles les sectateurs de quelque horrible divinité se couvrent de sang et de balafres, pour épouvanter les spectateurs. Le but des démonstrations religieuses des Aïssoua d'Algérie est identique. Tous les auteurs spirites recueillent avec soin le récit des célèbres expériences faites par des Derviches qui consentent à se laisser enterrer vivants, afin d'être retirés solennellement de leur tombeau quelques jours ou quelques mois plus tard. Alfred Hartley a rédigé un Mémoire complet pour indiquer la nature des trucs auxquels ces escamoteurs ont recours afin d'exécuter un tour si extraordinaire. Malheureusement, la nature de ce travail ne se prête pas à ce que nous l'analysions ici.

Le développement que les superstitions ont pris dans la mère patrie, doit être considéré comme une vengeance de l'Inde idolâtre contre la nation chrétienne, qui, après l'avoir conquise, cherche à la civiliser.

Les John Hartley, les nababs affolés par ce qu'ils ont vu dans la Péninsule, sont plus communs qu'on ne le pense. On peut s'en assurer en lisant les journaux spirites, où les adeptes retour de l'Inde jouent un grand rôle.

Car il a sans doute le pouvoir de lire dans les âmes. — Les spirites attribuent carrément à l'influence des Esprits qu'ils invoquent les marques de clairvoyance et de pénétration qu'ils peuvent donner, et qui souvent ne dépassent pas celles dont les intelligences les plus vulgaires sont susceptibles dans les affaires ordinaires de la vie.

Le Day Break. — Le *Day Break* est le nom d'un journal spirite qui a fusionné avec le *Médium*, feuille de même nature, et qui paraît avoir une circulation assez étendue.

Ce journal publie des annonces qui sont, bien entendu, appropriées à sa spécialité. Nous y avons trouvé, entre autres singularités, l'annonce d'une planchette perfectionnée destinée à remplacer le classique chapeau et à faciliter les communications avec les Esprits. Cette planchette est portée sur deux pointes, de sorte que l'on comprend qu'il suffit du moindre souffle pour la faire vaciller.

Les personnes qui en font usage doivent être pourvues, il faut en convenir, d'une foi bien robuste dans la loquacité des Esprits.

Il existe en France des organes analogues au *Day Break*, mais qui heureusement paraissent n'avoir encore atteint, de ce côté du détroit, qu'une circulation fort restreinte.

Les abonnés de ces singuliers recueils peuvent se régaler du récit de toutes les aventures extraordinaires qui arrivent dans l'année aux spirites, ou, pour parler plus exactement, que des imposteurs racontent, avec un luxe de détails capable de faire envie à plus d'un romancier.

Pour les rédacteurs de ces feuilles adonnées à la doctrine des Esprits, les tribunaux qui poursuivent quelques escroqueries spirites, sont dénoncés en termes d'une virulence extrême. Les condamnés sont traités comme des martyrs; quand ils ont confessé leur culpabilité, on attribue cet acte de faiblesse au désir de désarmer le bras séculier.

Karl lui-même trouvera des défenseurs, et la confession si complète de Mme Jellous, qui doit terminer notre second volume, sera considérée comme une pure invention, imaginée pour noircir la réputation d'un des héros du spiritisme militant.

Vous saviez déjà que j'allais venir. — Un magistrat instructeur, doué d'une sagacité ordinaire, aurait vu un indice accusateur dans cette prescience apparente qui excitait l'admiration de John. Il aurait rapproché cette circonstance de la rapidité avec laquelle Karl avait disparu lui-même en arrivant à la gare.

On entendit un bruit de gong. — Ces bruits extraordinaires sont produits de la façon la plus simple et la plus sûre à l'aide du trembleur électrique, qui multiplie les chocs d'une façon prodigieuse, sans limites, et leur donne par conséquent un timbre tout spécial. Ces bruits peuvent être facilement renforcés et transformés à l'aide de tuyaux de différentes natures, choisis convenablement et placés dans le voisinage du trembleur électrique.

Quand on les entend à l'improviste, ces sons offrent toujours quelque chose de surnaturel et d'imprévu.

Il n'est personne qui n'ait tressailli, les premières fois qu'il a entendu le bruit de la sonnette électrique d'un chemin de fer, annonçant qu'un train est sur le point d'arriver en gare. Ce sont des instruments de ce genre que Mme Jellous avait très habilement attachés au marteau de sa maison.

Comme elle voyait, à l'aide d'une double glace, quelle était la personne qui s'approchait de sa porte, elle avait le temps de placer le courant avec un contact électrique, si elle pensait qu'il fût avantageux de la régaler d'un carillon.

Les perles jetaient une lumière. — La propriété lumineuse des perles de Mme Jellous tient à une propriété étrange de certains phosphores découverts au siècle dernier par le célèbre Canton, et que M. Edmond Becquerel a étudiés d'une manière toute particulière. On voit depuis plusieurs années dans une boutique du passage des Princes des bijoux qui conservent pendant quelque temps leur éclat dans les ténèbres.

M. H. B. Nemitz a trouvé le moyen d'appliquer ce même procédé à la construction de cadrans en verre lumineux, qui conservent pendant toute une nuit un éclat suffisant pour qu'on puisse les lire sans chandelle. Ces curieux objets ont figuré avec succès à l'Exposition des sciences appliquées à l'industrie, organisée par M. Nicolle au Palais de l'Industrie, en 1878.

Ces substances ont été comparées à des éponges à lumière, qui s'imbibent quand on les soumet à l'action du soleil ou d'une forte lumière électrique. C'est de cette manière que les perles composant la parure de Mme Jellous étaient impressionnées. La lumière qu'elles rayonnaient était assez vive pour exciter la surprise, même chez un spectateur plus savant que notre nabab, et pour l'éclairer un peu dans sa route. Ce grand éclat va en diminuant rapidement; mais le séjour de Mme Jellous et de sa dupe dans une chambre privée de toute lumière n'était pas d'assez longue durée pour que les effets de cette extinction progressive devinssent bien sensibles.

La couleur de ces phosphorescences dépend de la nature des substances que l'on renferme dans des tubes diaphanes. Les opticiens vendent des boîtes garnies d'une série de tubes du plus brillant effet, qui donnent toutes les nuances du spectre.

Les perles de Mme Jellous étaient les unes d'un très beau vert émeraude, et les autres d'un rouge écarlate magnifique. Ces teintes sont, en effet, de nature à plaire aux esprits infernaux.

Quand les tubes ou les perles phosphorescentes sont vidées d'air, il suffit de les frictionner pour les faire étinceler, ou mieux de les secouer vivement. Une sarabande rapide, surtout si elles étaient disposées en breloque, suffirait peut-être pour entretenir leur éclat.

Un petit diablotin qui remuait de la façon la plus étrange. — M. Trouvé, habile électricien français, a construit de petits automates portatifs mis aussi en mouvement par l'électricité, et que l'on a portés quelquefois en guise de bijoux.

La personne qui porte des *bijoux électriques* est obligée d'avoir dans sa poche une pile-bouteille qu'elle renverse, ou dans laquelle elle fait descendre un plongeur chaque fois qu'elle veut animer ses bijoux.

L'effet de ces mouvements automatiques est fort étrange et de nature à exciter une vive surprise quand l'exhibition a lieu devant une personne disposée à accepter sans trop de difficultés ce qu'on est convenu d'appeler les merveilles du spiritisme.

De plus habiles que John y ont été pris, et y sont pris journellement dans les provinces écartées de la France, ainsi que dans les districts ruraux de l'Angleterre.

Après avoir obtenu une vogue passagère, ces bijoux électriques ont disparu à peu près complètement du commerce. Actuellement, on peut les considérer comme étant une sorte de nouveauté.

Les spirites pourraient peut-être les exploiter plus facilement de nos jours qu'il y a quelques années. Cependant le journal *l'Electricité* en donne l'explication complète dans son numéro du 20 décembre 1878.

Des boules qui étaient entourées de serpents. — Ces phénomènes sont très connus maintenant et on les décrit dans tous les traités de fantasmagorie. Ils reposent sur cette propriété bien connue de la rétine de conserver l'impression d'une lumière vive pendant un certain temps.

Cette illusion est du genre de celles que l'on peut appeler organiques, car il est impossible de s'y soustraire, même quand on connaît le plan et le fonctionnement de la machine à l'aide de laquelle le prestige est exécuté.

Mme Jellous savait qu'elle avait affaire à un homme simple, peu instruit des lois de la physique. Sans cela elle ne se fût pas risquée à lui donner une représentation compromettante.

Un homme tant soit peu au courant des merveilles de l'art des projections n'eût fait que rire d'une pareille exhibition, qui l'aurait tenu en garde contre tout ce qu'il allait lui faire voir.

Mais on comprend que John, étranger aux effets de la persistance des images, ait été facilement ébloui.

Cette roue tournait d'elle-même avec une grande vitesse. — Cette rotation était obtenue à l'aide d'un électro-aimant caché, qui faisait mouvoir un axe de verre passant dans un tube de verre. Il en résultait que la rotation paraissait tout à fait inexplicable, car il était impossible de voir tourner l'arbre. A part cette modification, l'appareil n'avait rien qui le distinguât du praxinoscope, un jouet fort répandu depuis quelques années, et qui est sans doute entre les mains de plusieurs de nos jeunes lecteurs.

C'est de la main gauche que j'ai besoin. — La main droite était évidemment aussi bonne que la gauche, puisque le chapeau tournait à l'aide d'un truc fort grossier que nous décrivons un peu plus bas. Mais, en imposant à leurs dupes un grand nombre de précautions illusoires, les escamoteurs arrivent à distraire leur attention et à les empêcher d'apercevoir leurs manèges.

Le chapeau de John s'agitait. — L'agitation de ce chapeau était produite de la façon la plus simple, à l'aide d'un fil d'acier d'une finesse extrême que

Mme Jellous avait fixé avec une petite pelote de
cire au chapeau de John et dont elle tenait le bout
entre les doigts.

Ces fils, destinés à l'escamotage, sont fabriqués dans
la ville de Laigle avec des filières en rubis. Quelques-
uns sont tellement fins, qu'il faut une loupe très
forte pour les apercevoir et ils sont étirés avec des
filières en diamant.

Ces filières sont d'un prix considérable, non pas seulement à cause de la rareté de la matière qu'on em-
ploie, mais à cause de l'énorme difficulté du travail.

Les habitants de Laigle, desquels nous tenons ce
renseignement, pensent qu'en employant un nombre
suffisant de ces fils d'acier, on arriverait à suspendre
un homme ou une table en l'air, car ils sont doués
d'une résistance surprenante. On peut leur faire subir, sans qu'ils se rompent, des efforts beaucoup
plus grands que ceux réputés nécessaires pour exécuter le tour dont John était témoin. Des personnages plus clairvoyants et plus soupçonneux
n'ont pas deviné le truc. Ils ont été plus d'une
fois saisis d'admiration, en voyant des objets se mouvoir à une distance telle, qu'il semblait impossible
d'expliquer leur déplacement autrement que par
l'intervention d'un agent surnaturel.

Pour en revenir au tour que Mme Jellons a exécuté devant sa dupe dès la première entrevue, elle a
donné un coup sec pour détacher la petite pelotte de
cire, dès qu'il n'a plus été utile de mettre le chapeau en mouvement.

Les bruits et les craquements. — On peut voir, dans le livre que nous avons récemment publié sur la manière dont s'accomplissent les tours d'escamotage, un nombre considérable d'exemples qui prouvent que l'invention du télégraphe électrique a été d'un grand secours pour la propagation des prétendus phénomènes spirites. La plupart des bruits qui excitaient une si vive surprise aux esprits peu cultivés, accessibles aux supercheries les plus grossières, ont été pendant longtemps produits à l'aide d'appareils plus ou moins analogues au télégraphe Morse.

Des électro-aimants, habilement dissimulés dans des tables ou dans des boiseries, sont mis en mouvement soit par des compères, soit par des manipulateurs cachés. Le médium les fait agir quand on éteint les lampes, et il cesse de les manier dès que la lumière reparaît.

Il semble qu'un oui bien faible et bien timide, mais cependant facile à distinguer, sortait de dessous la table. — Ce oui sortait en réalité de la bouche de Karl, qui était ventriloque, comme le sont les escamoteurs et les spirites accomplis. La ventriloquie est un tour assez fréquent pour ne produire aucun effet dans les circonstances ordinaires; mais, dans certains cas particuliers, elle ajoute beaucoup à la surprise des dupes.

Presque tous les tours qui ont servi à Karl sont dans ce cas; ils n'ont réussi que parce qu'ils étaient employés à propos pour agir sur une intelligence plus malade encore que celles auxquelles les spirites s'adressent habituellement.

Le baguenaudier. — Le jeu du baguenaudier consiste à défaire deux séries d'anneaux enchevêtrées l'une dans l'autre. La manœuvre est d'autant plus longue à exécuter que le nombre des anneaux est plus considérable. Nous allons donner la manière de jouer avec le baguenaudier à sept anneaux, dont Néridah a fait usage. Si l'on veut se servir d'un autre nombre d'anneaux, on devra modifier la marche en vertu des mêmes principes.

Faites tomber le premier anneau, puis le troisième. Ceci fait, remontez le premier et faites tomber ensemble les deux premiers.

Les choses étant ainsi disposées, le cinquième pourra tomber. Mais, quand vous l'aurez abattu, vous prendrez soin de remonter les deux premiers.

Alors vous ferez tomber le premier seul, puis vous remonterez le troisième et le premier.

Vous ferez tomber le deuxième et le premier ensemble, ce qui vous permettra de faire tomber le quatrième.

Une fois débarrassé du quatrième, vous remonterez les deux premiers et vous recommencerez la manœuvre déjà faite.

Vous ferez tomber le premier seul, puis le troisième, alors vous remonterez le premier et vous ferez à la fois tomber les deux premiers, ce qui vous permettra de faire tomber le septième et dernier.

Pour vous débarrasser de ceux qui restent, il faut commencer par remonter ensemble les deux premiers.

Vous ferez alors tomber le premier et vous remonterez à la fois le troisième et le premier, après quoi vous ferez tomber de nouveau les deux premiers.

Ceci fait vous remonterez à la fois le quatrième et les deux premiers.

Vous ferez tomber le premier et le troisième, puis vous remonterez de nouveau le premier, afin de pouvoir faire tomber ensemble les deux premiers.

Vous remonterez le cinquième et les deux premiers. Faites de nouveau tomber le premier et remontez à la fois le troisième et le premier.

Puis, faites tomber à la fois les deux premiers et le quatrième.

Remontez encore les deux premiers, afin de faire tomber à la fois le premier et le troisième.

Les choses étant en cet état, si vous remontez le premier, vous pouvez faire tomber le premier et le sixième.

Remontez les deux premiers pour faire tomber le premier, puis remontez, comme précédemment, le premier et le troisième.

Faites tomber les deux premiers que vous remonterez avec le quatrième; puis vous ferez de nouveau tomber le premier et le troisième.

Remontez une nouvelle fois le premier, puis faites tomber le second et le cinquième; alors remontez le second.

Faites tomber le premier pour le remonter immédiatement, ainsi que le troisième, ce qui vous permettra de faire tomber à la fois les deux premiers et le quatrième.

Remontez une dernière fois les deux premiers; faites tomber le premier et le troisième. Remontez le premier, qui se trouve seul, avec le second.

Si vous faites tomber alors les anneaux, le tour est joué et tout est démonté.

Le baguenaudier figure dans presque toutes les boîtes d'escamotage, et il est ordinairement monté. Mais, quand on est parvenu une fois à le défaire, il est indispensable de le remonter, opération qui n'est pas moins difficile à exécuter que la première et qu'on ne pourrait accomplir que difficilement, si la méthode n'était connue.

Voici, du reste, la manœuvre nécessaire pour remettre les choses dans l'état primitif, lorsque le baguenaudier a été défait une première fois.

Remontez les deux premiers anneaux, puis laissez tomber le premier.

Ceci fait, remontez le troisième et le premier, et faites tomber les deux premiers.

Cette opération vous permettra de remonter le quatrième et les deux premiers. Le troisième, n'ayant pas été démonté, vous aurez déjà quatre anneaux de passés.

Alors vous ferez tomber le premier et le troisième, puis vous remonterez le premier, que vous ferez immédiatement tomber en compagnie du deuxième.

Vous remonterez le cinquième ainsi que les deux premiers; mais vous ferez tout de suite tomber le premier.

Vous le remonterez en compagnie du troisième que vous ferez tomber ainsi que le quatrième; alors remontez les deux premiers, faites tomber le premier et le troisième et remontez le premier. Ensuite faites tomber du même coup les deux premiers, puis remontez à la fois le sixième et les deux premiers, ce qui donnera lieu à la marche déjà décrite tant de fois.

Vous ferez tomber le premier, puis vous remonterez le troisième et le premier; alors vous ferez tomber les deux premiers, mais, en les remontant, vous y adjoindrez le quatrième.

Arrivé en ce point, vous ferez tomber le premier et le troisième, puis vous remonterez le premier tout seul, ce qui vous permettra de le faire tomber de compagnie avec le second et le cinquième.

Vous laisserez ce dernier à bas et vous vous contenterez de remonter les deux premiers, afin de faire tomber également le premier, que vous remonterez en compagnie du troisième. Ceci fait, vous laisserez tomber les deux premiers et le quatrième, et vous recommencerez comme vous avez fait tant de fois.

Vous remonterez les deux premiers, afin de faire tomber le premier et le troisième.

Alors vous remonterez le premier, que vous ferez aussitôt tomber avec le second, ce qui vous permettra de remonter le septième avec les deux premiers.

C'est un point important qui se trouve gagné, car ce dernier anneau n'avait point encore pu être remonté.

Il faut évidemment continuer comme l'on a commencé, faire tomber le premier pour remonter le troisième et le premier, faire tomber alors les deux premiers, puis les remonter ainsi que le quatrième.

On fait encore tomber le premier et le troisième pour remonter le premier que l'on fait tomber avec le second.

On remonte immédiatement ces deux anneaux avec le cinquième et ce qu'il reste à faire devient évident.

Il suffit d'abattre le premier, qu'on peut remonter avec le troisième, et le tour est joué.

Nous engageons à suivre ces explications en ayant le baguenaudier en main. Les figures ne seraient que d'une médiocre utilité pour rendre compte d'une opération tout à fait machinale, et qu'avec un peu d'habitude on parvient à exécuter, les yeux fermés, et très rapidement.

On ignore l'origine de ce jeu, qui se trouve décrit dans plusieurs auteurs.

Néridah, très intelligente et très alerte, était arrivée sans peine à saisir ce mécanisme d'un tour scientifique véritablement fort intéressant, et à l'exécuter avec prestesse.

Serre autant que tu voudras.... et tu verras comme je me débarrasserai facilement de ces liens.
— Ce tour, tout à fait classique, a été décrit par

Decremps, un auteur de la fin du siècle dernier, qui s'est donné la noble mission de démasquer les charlatans de son temps.

L'escamoteur qui exécute ce tour, s'arrange de manière que ses deux pouces soient parallèles l'un à l'autre lorsqu'on les attache. S'il les fait glisser l'un sur l'autre, il est aussi facile de se débarrasser de la corde que de tirer sa main d'un gant.

Ce tour réussit parce que les pouces de l'homme sont considérablement aplatis dans le sens de la longueur de la main, et qu'en les mettant l'un sur l'autre, on diminue dans une proportion très grande la longueur du périmètre qui les englobe tous deux.

Il y a encore d'autres manières, plus compliquées mais aussi simples, pour exécuter un tour en réalité plus surprenant que celui des frères Davenport.

On sait que ces derniers avaient besoin d'opérer dans une armoire ; Decremps se borne à recommander de couvrir d'un chapeau les mains de l'opérateur.

Des calomnies, mon pauvre frère ; mais lis donc cet article du Times.—Les journaux français ont rapporté une mésaventure analogue, arrivée dans notre pays aux frères Davenport, charlatans spirites qui étaient venus d'Amérique vers la fin de l'Empire (voir ce que nous en disons dans notre livre : *Comment se font les miracles en dehors de l'Église*). A la suite de la découverte dont parle le docteur Henry, ils furent chassés à coups de pied. Ils allèrent exercer leur triste métier dans l'Inde. Un des frères mourut ivre-mort après une orgie à la cour d'un rajah ; l'histoire ne dit pas ce que l'autre est devenu.

Les Davenport avaient trouvé un appui chez quelques savants français. Un écrivain scientifique, très connu, prétendit avoir touché la main des Esprits et avoir éprouvé, au contact de cette main, d'une douceur extraordinaire, une sorte de sensation éthérée.

On peut lire dans *Dix ans de l'Histoire d'Angleterre* que vient de publier M. Louis Blanc, un récit très spirituel et très animé de ces étonnantes aventures, ou plutôt mésaventures.

Les anneaux magiques dont Karl savait se servir avec une proverbiale dextérité. — Ces anneaux magiques sont en vente chez un grand nombre de marchands de jouets d'enfants. Il suffit de les assembler d'une certaine manière pour qu'ils passent les uns dans les autres et retombent séparés, certaines parties soigneusement coupées leur permettant de glisser.

Il faut un peu d'habitude et beaucoup de dextérité pour les placer dans la position convenable et rompre ou former la chaîne.

Mais la répétition fréquente des mêmes mouvements donne une facilité suffisante pour braver les regards les plus perçants.

Quand on opère dans un salon, il est nécessaire que la fermeture soit très perfectionnée, puisqu'on soumet les anneaux à l'inspection des spectateurs, sans cependant les leur laisser en main.

Mais, quand il s'agit d'exécuter les tours de passe-
passe sur la scène, on n'y regarde pas de si près, et
les anneaux peuvent porter des vides suffisants pour
que l'opération n'offre aucune difficulté sérieuse.

L'assurance, la rapidité excessive des mouvements,
voilà la principale ressource de l'escamoteur, ressource très puissante. Quand on connaît certains
tours, l'on est stupéfié de la grossièreté des trucs
dont on se sert à la barbe et sous le nez du public,
sans qu'il s'en doute le moins du monde. Les pres-
tidigitateurs eux-mêmes en sont quelquefois confon-
dus.

*On voyait une collection de gobelets, dont évidem-
ment le médium se servait quelquefois.* — Karl était
fidèle aux bons principes, car tous les professeurs
d'escamotage engagent les adeptes à commencer par
apprendre à faire passer la muscade, et à répéter le
tour jusqu'à ce qu'ils soient arrivés à posséder tout
à fait « le coup de poignet ».

Le fond de l'art consiste à donner, sans faire
semblant de rien, un petit coup sec qui envoie la
muscade dans le haut du gobelet.

C'est pendant que la muscade est en l'air que
l'on effectue prestement les changements.

*Il y avait une série de jeux de cartes soigneuse-
ment rangés.* — La majeure partie des tours de
cartes s'exécutent avec des jeux qui ne sont point
préparés, mais à l'aide de tours de main que tous

les escamoteurs connaissent. Ils se réduisent à un petit nombre de mouvements élémentaires, qu'on arrive à exécuter avec dextérité, mais qui ne trompent pas cependant l'œil d'un joueur expérimenté.

Pour arriver à déjouer la surveillance, les escrocs se hasardent quelquefois à se servir de cartes travaillées, qu'ils substituent adroitement aux cartes vierges. Le travail le plus commun consiste à introduire une carte longue d'une quantité presque imperceptible, mais suffisante pour qu'on la puisse retrouver chaque fois que l'on en a besoin. Les marques sont des points presque invisibles, mais placés en des endroits convenus. Si le filou qui vole au jeu n'avait le tact plus sensible que ses partenaires et la vue plus perçante, il lui serait difficile, sinon impossible, d'opérer sûrement.

Sur une chaise se trouvait une collection de questions romaines, italiennes, russes et chinoises. — Ces « questions » sont le fruit de combinaisons souvent très ingénieuses, que Karl étudiait soigneusement dans le but de voir s'il ne pouvait pas les appliquer au perfectionnement de quelques-uns des trucs de sa profession.

Si les spirites qui se livrent à ce genre d'exercice, appliquaient à un art utile le demi-quart de l'intelligence et de la persévérance qu'ils prodiguent pour faire des dupes, les progrès les plus rapides ne tarderaient point à imprimer une nouvelle activité aux arts et aux sciences.

Une paire de brodequins, fort élégants mais ex-
cessivement lourds, car ils avaient une semelle en
fer de l'épaisseur du doigt. — Ces brodequins étaient
destinés à exécuter les exercices de l'homme-mouche,
qui traverse un théâtre la tête en bas.

Le plafond du théâtre est machiné. On y place
des électro-aimants, destinés à saisir les semelles de
fer de l'homme-mouche. Comme il suffit d'un pied
pour le retenir, l'homme-mouche ne court aucun
risque, si le compère qui manœuvre les courants ne
se trompe pas. C'est seulement quand l'homme-
mouche a placé le pied libre au-dessous d'un électro-aimant que le compère fait passer le courant
pour le retenir captif. Alors il délivre l'autre pied,
que l'homme-mouche place où il convient.

A côté se trouvait un tambour du zouave. — Le
tambour du zouave est un truc imaginé par le professeur Robin (voir ce que nous en disons dans
notre traité), célèbre escamoteur mort il y a dix
ans. Il se compose d'un mécanisme, renfermé dans
l'intérieur de la caisse, et qui est mis en mouvement
par des électro-aimants agitant de petites baguettes.

Le bruit est formidable; on voit la peau d'âne
s'agiter tout comme si un vrai zouave invisible battait la charge.

On place le tambour au milieu du théâtre; il est
suspendu à des fils de cuivre enveloppés dans une
ficelle, et l'illusion est des plus complètes. Du boulevard du Temple il a passé dans les foires, où il

obtient les plus grands succès. C'est le sort des trucs fameux, et les physiciens qui parcourent les fêtes en exécutant des tours de prestidigitation, souvent avec adresse, empêchent la crédulité publique de dépasser certaines bornes.

Et plusieurs bocaux de verre dont Karl se servait pour exécuter le tour des poissons. — L'escamoteur cache ce vase sur sa poitrine. Il l'en tire prestement en se couvrant de son mouchoir. Le vase est fermé hermétiquement par une petite membrane en caoutchouc, qui tient très bien, mais qu'un coup sec, donné avec l'ongle, peut facilement faire disparaître.

En voyant plein jusqu'au bord ce vase dans lequel nagent de beaux poissons rouges, il est difficile que l'assistance refuse à l'opérateur de chaleureux applaudissements.

C'est sur un compère cul-de-jatte que j'ai mis la main. — Les escamoteurs trouvent toujours des compères appropriés au métier qu'ils veulent leur faire faire. Le joueur d'échecs qui a fait tant de bruit à la fin du siècle dernier, était manœuvré par un nain, neveu du célèbre Philidor, et qui était de première force aux échecs. On peut lire dans notre traité l'histoire de cette pièce, qu'on a essayé à plusieurs reprises de ressusciter. Un automate de ce genre faisait partie du cabinet du célèbre Barnum, en même temps que la prétendue négresse de 130 ans qui avait nourri Washington. Un mathématicien anglais, nommé Babbage, qui jouissait de quelque réputation et possédait plus de talent que de bon sens, fit un volume pour prouver à l'aide de l'algèbre qu'on pouvait construire une machine si parfaite, qu'étant donné un mouvement quelconque d'une pièce, elle ripostât par le mouvement le meilleur possible selon les règles du jeu. Un académicien français avait, lors de l'apparition du joueur d'échecs, pris sa défense avec beaucoup de chaleur et écrit en sa faveur un plaidoyer volumineux.

Les aveux du compère ayant été enregistrés par l'histoire, les apparitions du joueur d'échecs n'ont été ni longues ni fructueuses.

Voulez-vous que je fasse une « patience » ? — Ces escamoteurs et ces charlatans qui abusent de la crédulité publique, sont, dans leur for intérieur, adonnés aux plus vulgaires superstitions. Ils consultent le sort avec des combinaisons de cartes que l'on nomme aussi « réussites », dont quelques-unes sont très compliquées. Mais ils apportent souvent dans ces ridicules expériences leur mauvaise foi ordinaire. Il y en a qui trichent même contre la destinée, dont ils prétendent ainsi consulter les arrêts.

J'espère encore qu'il consentira à écrire sur l'ardoise magique. — Le tour de l'ardoise magique, qui sera suffisamment expliqué dans la suite de ce récit, a donné lieu, il y a quelques années, à un procès retentissant de l'autre côté du détroit.

Un docteur anglais s'empara du médium nommé Slade, au moment où il allait commencer l'évocation de l'Esprit qui devait écrire les oracles sur l'ardoise par-dessous la table.

Les mots sacramentels avaient déjà été inscrits à l'avance subrepticement.

L'évocation n'était donc qu'une farce, destinée à donner le change aux dupes devant lesquelles Slade opérait.

Obligé de quitter Londres, Slade se réfugia à Berlin, où il imagina un nouveau truc. Les Esprits venaient dénouer les nœuds d'une corde dont les deux bouts étaient scellés avec des cachets et sur laquelle Slade exécutait ses évocations.

M. Zöllner, professeur de physique astrale et d'astronomie à la célèbre université de Leipzig, publia un gros volume de 750 pages pour défendre la bonne foi de Slade et montrer l'importance des phénomènes que ce spirite avait soi-disant découverts.

L'ouvrage de M. Zöllner, qui n'a pas été traduit en français, peut être cité comme l'exemple le plus curieux des ravages que les doctrines du spiritisme peuvent produire dans certains esprits éclairés, mais adonnés à la métaphysique décevante, en honneur de l'autre côté du Rhin.

En lisant les pages folles, écrites par un auteur qui ne manque ni de talent ni de réputation, l'on admire malgré soi la profondeur de cette admirable parole de l'Évangile : *Beati pauperes spiritu.*

Au lieu de recevoir le mouvement de rotation qui lui est communiqué par la chaîne. — Bien des théories ont été émises pour expliquer le mouvement des tables et plusieurs, très plausibles, sont vraies partiellement, c'est-à-dire suivant les cas. En effet, les spirites tourneurs de tables ont plus d'un tour à leur service.

Comme Karl agissait seulement pour harasser et fatiguer sa victime, en lui faisant croire à la réalité du pouvoir répulsif de sa fille, il est inutile d'entrer dans le détail des trucs auxquels les conjureurs se livrent le plus souvent, dans une expérience au sujet de laquelle le vénérable M. Chevreul a publié un volume entier.

Et ne vous trompez pas en appelant Alfopatra-gantorosicolidos. — Le but que se proposent les charlatans, les somnambules, les magnétiseurs en faisant exécuter par leurs dupes une série d'actions déraisonnables, et même dépourvues de tout sens, est d'absorber leur attention, de les empêcher de s'apercevoir de mouvements qui les mettraient sur la trace des tromperies dont ils sont victimes.

Ce truc simple est universellement employé, même par les sorciers zoulous de l'Afrique australe, ou ceux des bords du lac Tchad; il manque rarement son effet.

Les représentations d'Egyptian Hall. — Egyptian Hall est une vaste salle, ornée de colonnades d'un style pharaonesque, qui se trouve dans Picadilly et sert à l'exhibition d'une multitude de curiosités.

Pendant longtemps, Mme Jellous et ses émules y ont donné des séances de clairvoyance, dans lesquelles elles se bornent à se mettre en communication avec le compère par un tuyau acoustique, qui passe dans la chaise où elles sont assises. Comme elles entendent parfaitement tout ce qui se dit à distance, et qu'aucune parole du compère ne leur échappe, elles décrivent d'une façon minutieuse les objets qu'on leur désigne, quoiqu'on laisse aux spectateurs le soin de leur bander les yeux.

Le tour exige la coopération de deux compères. Le premier est celui qui reçoit les objets. Il les retourne, sans faire semblant de rien, de manière que le deuxième compère qui tient le bout du tuyau acoustique, et qui est caché dans la galerie, puisse les voir et les décrire à la somnambule, dont l'oreille est appliquée à l'autre bout du tuyau secret.

Actuellement ce local sert à MM. Maskelyne et Cookes, deux professeurs de magie blanche. Ils se sont donné pour tâche de démontrer que le spiritisme n'est que le résultat d'une longue série de tours de passe-passe habilement combinés.

Un membre de la Société royale de Londres. — Il y a, en effet, un des membres les plus célèbres de la Société royale de Londres qui a rédigé des pamphlets très violents pour défendre des spirites, pris en flagrant délit d'imposture et n'ayant échappé aux tribunaux anglais qu'à la faveur d'un vice de forme.

Le docteur Carpenter, autre membre de la Société royale de Londres et auteur d'ouvrages de physiologie très estimés, a attaqué avec un grand courage les doctrines excentriques de son confrère.

La polémique qui s'est élevée entre ces deux savants et qui s'est terminée, il est à peine besoin de le dire, à la confusion du spiritisme, a été publiée, il y a quelques années, dans le *Frazer Magazine*, une des principales revues mensuelles de Londres.

Karl lui glissa à l'oreille ces deux mots : C'est Davy. — Il était, en effet, essentiel que Mme Jellous connût le personnage à qui elle pouvait se fier dans une certaine mesure, ou au moins dont elle n'avait point à se défier. Quoique compère inconscient, Davy, en qualité d'adepte, était tout disposé à fermer les yeux, et même, dans l'intérêt de la cause, à se faire complice d'une supercherie.

Elle n'était pas plus responsable que le pôle d'un aimant quand il en repousse un autre. — Les spirites ont, depuis Mesmer, une tendance invincible à expliquer leurs prétendus prestiges au moyen des merveilles très réelles de l'électricité. Mais ces propriétés scientifiques n'ont rien à faire avec les tours d'escamotage, pas plus que les astres ne sont responsables de la manière dont leurs mouvements réguliers, si admirables, sont exploités au bénéfice

de certaines théories matérialistes, comme ils l'ont
été au profit de l'astrologie.

*John contemplait avidement ces changements de
physionomie.* — Quelques-unes de ces somnambules
sont d'étonnantes comédiennes. Elles excellent dans
l'art de feindre les sentiments que le médium est
censé leur inspirer.

Toutes ces simagrées sont étudiées et convenues à
l'avance avec le plus grand soin.

On sait combien les larmes sont communicatives à la
scène, dans un lieu où tous les sentiments sont feints

Faut-il donc s'étonner que l'effet soit plus puissant encore, lorsque l'on n'a aucune raison de supposer que toutes ces contorsions sont le résultat d'un
calcul, et que la somnambule répète un rôle soigneusement appris ?

Je m'appuierai sur l'opinion de Leibnitz. — Une
des prétentions auxquelles les spirites tiennent le
plus, c'est de faire parade d'érudition et de ratta-
cher leur prétendue science aux enseignements de la
philosophie.

Le célèbre médium Home, qui a eu des aventures
si curieuses à la cour de l'empereur Napoléon III, a
publié un gros volume, intitulé *Ombres et Lumières
du spiritisme,* où il enrégimente parmi les spirites
presque tous les grands hommes de l'antiquité.

Ce livre est bourré de citations détournées de leur
sens ou complètement apocryphes.

Comme les esprits habitent l'espace à quatre di-mensions. — Depuis Euclide jusqu'à Legendre, tous les géomètres ont démontré que l'espace possède trois dimensions, longueur, largeur et épaisseur. Ces trois dimensions n'ont pas suffi à certains ma-thématiciens d'Angleterre et d'Allemagne, qui, pour représenter certaines expressions analytiques, ont imaginé l'espace à quatre dimensions. Nous n'au-rions pas à nous préoccuper de cette conception bizarre, si des savants allemands n'avaient imaginé, par surcroît, que cet espace à quatre dimensions est habité par les Esprits, et n'avaient prétendu que cette circonstance leur permet d'exécuter les tours de passe-passe avec lesquels les médiums abusent leurs dupes. Les explications que nous donnons dans ces notes, prouvent que, pour interpréter ces soi-disant merveilles d'une façon satisfaisante, on n'a pas besoin d'avoir recours à une théorie si étrange-ment quintessenciée.

FIN DE L'APPENDICE

TABLE DES MATIÈRES

DU PREMIER VOLUME

FIN DE LA TABLE

Paris. — Typographie A. Lahure, rue de Fleurus, 9.

Imprimerie de J. Lahure, rue de Fleurus, 9, à Paris.

www.ingramcontent.com/pod-product-compliance
Lightning Source LLC
Chambersburg PA
CBHW050157030726
47505CB00005B/1409